書下ろし

番付屋新次郎世直し綴《つづ》り

梶よう子

祥伝社文庫

目次

第一章　小町番付

一

日本橋室町《にほんばしむろまち》の通りに強い風が吹き抜ける。

舞い上がった砂塵《さじん》が通りを閉《と》ざし、若い娘たちは袂《たもと》で顔を覆《おお》い、駕籠《かご》かきや振り売りも足を止めた。

破れた籠《かご》が転《ころ》がり、表店の暖簾《のれん》が翻《ひるがえ》る。

その中、ふらりふらりと歩いて来る老婆《ろうば》がいた。

白髪《しらが》混じりの結い髪はざんばらで、衣裳《いしょう》はそれなりの物を身に着けてはいたが、引きずった裾《すそ》は土に汚れ、襟元《えりもと》もだらしなく開き、あばらの浮いた胸が覗《のぞ》いている。どこから歩いて来たものか、履《は》き物《もの》もはかず、足指には血がこびりついていた。

湯屋にも行っていないのか、脇を通り過ぎた者たちが顔をしかめ、中にはあからさまに鼻を摘《つま》む者もいた。老婆はうつろな表情をして視点も定まっていなかった。向かい風にふらふら右へ左へと身を揺らす。

「おい、ばあさん、大丈夫かえ？」

振り売りの魚屋が風に顔を俯《うつむ》けながら、声を掛《か》けた。

だが、老婆はなにも答えない。

胸元には風呂敷《ふろしき》包みを抱えていた。結び目の隙間《すきま》から、ぽろりと何かが落ちて転《ころ》がる。

小石だ――。

老婆は、落ちた小石をゆっくりと拾い上げ、薄ら笑いを浮かべた。禿《は》げた鉄漿《おはぐろ》が口許《くちもと》からこぼれる。

「気味の悪い婆《ばばあ》だな」

魚屋は怖々《こわごわ》いうと、その場を離れて行った。

からからと軒《のき》看板が風に吹かれて回っていた。看板には、『紅《べに》、白粉《おしろい》』と書かれている。

だが、店の大戸は下ろされ、交差した板が打ち付けられていた。

老婆がその店の前で立ち止まる。

つい先日、ここの主《あるじ》が首を吊《つ》って死んだ。店は潰《つぶ》れ、妻子は行方《ゆくえ》知れずになった。

老婆は抱えた風呂敷包みを地面に下ろし、結び目を解《ほど》く。中身はすべて石ころだ。両手で石を取り出した老婆は、身体《からだ》を店のほうへ向けた途端《とたん》、眼をくわっと見開き、

「ええ、悔《くや》しい」

大戸に向けて石を投げつけた。石は大戸に当たり、がつんと音を立てた。老婆はもうひとつ、左手に握った石を右手に持ち替え、再び投げつけた。

止める者は誰もいない。皆、老婆へ奇異な視線を向けつつ避《さ》けていく。

老婆は何かに取り憑《つ》かれたように次々と小石を投げる。風呂敷の中の小石はすっかりなくなったが、それでも気が済まないのか腰を屈《かが》め、地面に落ちた石を拾い、大戸に向けて石を放ち続けた。眼は血走り、息も荒くなる。

「おい、婆《ばあ》さん、やめねえか」

走り寄ってきた若者がいた。背に大きな風呂敷包みを背負っている。若者は老

婆の細い腕を摑《つか》んだ。

「放しとくれ！　あたしはこの店に恨《うら》みがあるんだよ」

「恨みったって、ここの主はもう死んだじゃねえか。こんなことをしちゃいけねえよ」

「うるさい！　せめて、こうでもしなきゃ気が収まらねえ」

老婆が若者を振り払おうと暴れた。若者がそれをなだめるように老婆を背後から抱きかかえると、「ひゃあ、よしておくれ、助けておくれ」と叫んだ。

悲鳴を聞いた通りがかりの男たちが、

「てめえ、年寄りになにをしてやがる」

「その手を放しやがれ」

と、若者は駆《か》け寄ってくる数人の者に、あっという間に囲まれた。棒手振《ぼてふ》りや大工らしき者だ。老婆からその身を引きはがされ、思い切り転がされた。

その騒ぎを眼にした髪結《かみゆ》いの新次郎《しんじろう》は、若者に向かって走り寄った。商売道具の鬢盥《びんだらい》を地面に置き、若者の傍《そば》に膝《ひざ》をつく。大丈夫かと声を掛けたが、若者は、くそう、と歯を食いしばっていた。

「なにがあったんだよ、婆さん」と、半纏《はんてん》を着た男が老婆の身を支える。

「この若造が急にあたしの腕を摑んできたんだ」

老婆が歯を剝《む》き出して、若者を指差した。

「あたしの孫はね、ここの白粉を使って顔がただれて……」

川に身を投げた、たったひとりの孫だったんだ、と老婆は声を震わせた。

「祝言《しゅうげん》も決まってたんだよ。好いた男と一緒になれるってあんなに嬉《うれ》しそうにしていたのにさ……」

老婆は嗚咽《おえつ》を洩《も》らした。

そいつは悔しいやな、と誰かがいった。

「きっと、この若造もこの店の者なんだよ。だからあたしを止めたんだ。そうに違いないよ！」

泣きながら老婆は喚《わめ》いた。男たちが店に眼を向けた。

「おう、ここじゃねえか？　あこぎな商《あきな》いしてたってのはよぉ」

「番付《ばんづけ》で大関になってからいい気になってやがった」

「おう、そうだそうだ。人殺しの店だ」

皆が次々と口にした。

新次郎は、番付……と呟《つぶや》いた。

「そいつは違う！　ここの利兵衛《りへえ》さんはそんな商売はしていねえ。白粉でただれたなんてのは嘘《うそ》っぱちだ！　騙《だま》されたんだ。おれは、そいつを許さねえ」

老婆を止めた若者が叫んだ。

「ほら、やっぱりそうだ。主人の名を知っているんだ」、と老婆が髪を振り乱す。

半纏を来ていた男が袖をまくりあげた。

「なにをいってんのか訳がわからねえな。妙な品を売ったのはこの店なんだろう？」

「てめえ、この店の回し者か」

「この店に世話《は》になった者だ」

若者が跳ねるように立ち上がって、半纏の男に飛びかかった。他の者たちが若者の背後から、頭を殴りつける。多勢に無勢だ。たちまち若い男は再び地面に引きずり倒された、そこを今度は足蹴にされる。若者は身体を丸めて、歯を食いしばる。通りを行き来する者たちが、怖々と窺《うかが》いながら、あるいは見ない振りをしていく。

「いい加減にしねえか、てめえら」

新次郎が間に入ろうとしたとき、半纏を着た男の拳固《げんこ》が飛んで来たのを頬《ほお》にまともに食らった。

おいおい、ふざけるな。なんでおれが、と思ったとき、

「往来《おうらい》でなにをしておる。まとめてしょっぴくぞ」

黒の巻き羽織《ばおり》に着流し、御番所の同心が駆けて来た。

いけねえ、役人だ。誰かが叫ぶと、男たちは、各々の道具を抱えて、あっという間に逃げ去った。見物人たちも、さっと散って行く中に、騒ぎの張本人の婆さんも男たちに支えられて、そそくさと逃げ出して行くのが見えた。

「畜生《ちくしょう》め」

若い男が土に指を立てていた。着物も髷《まげ》も土埃《つちぼこり》をかぶっている。背負っていた荷の風呂敷の結び目が解けて、中の小引き出しが剝き出しになっていた。櫛《くし》や紅、白粉に簪《かんざし》。若者は廻《まわ》りの小間物屋のようだ。

「おい、なにを揉《も》めてやがったんだ」

役人はうずくまる若い男の傍《かたわ》らにしゃがんだ。

「佐竹《さたけ》さま」

役人が、ん？　と顔を上げる。相変わらず、顔が長い。出来すぎた茄子《なす》のようだ、と新次郎は思った。

「なんだ、新次郎じゃねえか。どうしたんだよ。いまの騒ぎを見てたのか。おいおい、どうした、その面《つら》はよ。おめえらしくねえな。けどよ、そのとんがった鼻あ潰されねえでよかったなぁ」

佐竹が遠慮《えんりょ》なくいう。

新次郎は、わずかに切れた唇《くちびる》を舌で舐《な》めると、顔を歪《ゆが》めた。血の味がした。細面《ほそおもて》で鼻筋が通り、切れ長の眼ではあるがきつい印象はない。眉《まゆ》も弓なりで優男《やさおとこ》ふうだ。

その上、尻《しり》はしょりした広袖《ひろそで》の着物に、腹掛け、股引《ももひ》きを着け、下駄《げた》履《ば》きという、一見すると堅気者《かたぎもの》らしからぬ風体《ふうてい》をしている。が、新次郎のように店を持たずに町家を廻って客の髪を結う、廻り髪結いの恰好《かっこう》は大抵、こんなものだった。

「こいつに殴り掛かろうとした奴《やつ》の拳《こぶし》が、たまたまこっちに飛んできましてね。避《よ》けられなかったんでさ」

佐竹は、ふふんと薄く笑った。いい気味だと思っているに違いない。佐竹六左《ろくざ》エ門《えもん》は、北町奉行所で定町《じょうまち》廻りを勤めている。そろそろ四十の声を聞こうかという歳《とし》だが、いまだ独り身だ。

縁談がなかったわけではない。一人目は、深い付き合いの男がいたことが知れ、次の相手は、祝言直前に一度離縁され連れ子がいることが発覚した。どうにも女運が悪いと自棄《やけ》になり、以後、縁談は受けなくなったらしい。

佐竹家の家督は、十三になる甥《おい》っ子に継がせるといっている。

「旦那、どうするんですかい？」

小者が佐竹を突《つっ》くような物言いをした。

「さてなぁ、どうするか。こいつを袋叩《だた》きにした奴らも、もういねえしなぁ」

「そんなのんきなことをいって」

小者は呆《あき》れるような顔をしている。佐竹は奉行所で昼行灯《ひるあんどん》といわれている。明るいときに灯《あか》りがあっても役には立たないということだ。少々どころか、かなり侮《あなど》られている。

「怪我《けが》ぁなかったかえ？」

小間物屋の若い男は、それには応《こた》えず、売り物を小引き出しに入れると風呂敷で包み直した。ふらふらと立ち上がり荷を背負う。まだ足下がおぼつかないが、

「ただの行き違いでございます」と、いって頭を下げた。

ふうん、と佐竹は頷《うなず》いて、「これからは気をつけろよ」とそれだけいった。

「佐竹さま、帰してしまってよろしいんですか？　番屋にしょっぴいて話を聞か

ねえと」

「だってよ、行き違いだって、本人がいうんだから、それ以上ねえんだろうよ」

へいへい、と小者は得心《とくしん》がいかぬ顔つきをしながらも従った。

「だから、昼行灯なんていわれるんだよなぁ」

ひとりごちるのを新次郎は聞き逃《のが》さなかった。小者にも呆れられているようだ。

「まあ、番屋で詮議《せんぎ》をしたところで、殴った相手もどこの輩《やから》かわからんのだろう？ それではどうしようもないわ、ははは」

佐竹はいたってのんきなものだ。

小間物屋の若い男は、再び佐竹に頭を下げると、日本橋の方へと少し足を引きずりながら歩いて行った。

おい、と佐竹が、新次郎へ向き直った。

「一部始終を見物しておったのだろう。お前から聞けば済む事だ」

佐竹は、にやにやと新次郎の腫《は》れ始めた頬を見る。

佐竹の態度が気に入らなかったが、新次郎は、その場を一刻《いっこく》も早く逃れたくて事の次第をさくさく話した。

「ほう、ふむ、婆さんが」

　と、佐竹はいちいち相槌《あいづち》を打った。

「石を投げた婆さんを止めようとしたのが、さっきの小間物屋で、背から抱きかかえられて叫び声をあげたんで、周りの者たちが婆さんに加勢してたというわけでさ」

　と、話を締《し》めくくった。

「で、その婆さんはどこだ？」

「自分たちもかかわりたくなかったのでしょう。男たちが、婆さんを助けて連れていったようですね」

　佐竹は、大戸に板が打ち付けられている店へ視線を向けた。

「ここは『梅屋《うめや》』といってな、結構繁盛《はんじょう》していた小間物屋だ。庭に大きな梅の木があってな、そこから店の名をつけたのだよ。まあ、その梅花もこれからは見られることもなく、散っていくんだろうな」

　佐竹は風流人を気取るような物言いをした。新次郎にはどうでもいいことだ。

「おそらくさっきの若造は、ここの主人と懇意《こんい》にしていたのだろうよ」

「それがわかっていて、なぜ行かせたのですか？」

んーと佐竹は手入れのされていない植木のような顎鬚《あごひげ》を撫《な》でながら、

「ややこしくなるからだ、な」

ますますいっていることがわからない。

「この梅屋というのは」

佐竹が、話を始める。三代続く小間物屋で、商いも実直。三代目の利兵衛がなかなかのやり手で、商売の手を広げ始めた。

「三代目ってのはよ、ちやほやされて育つから、人たらしで遊びもうまい。三代目が店を潰すっていうが、梅屋は違ってたんだな」

さんざん遊んだ深川《ふかがわ》あたりの芸者衆や吉原《よしわら》にも入り込んで化粧品を売り始めたのだ。

吉原の妓《おんな》や芸者は、庶民にとって、流行《はや》りを知る発信源になる。どういう化粧をしているか、白粉は、紅は、どこのなにを使っているか、夢中になる。

利兵衛は、錦絵《にしきえ》にも自分の店の白粉袋を描かせた。下手《へた》な引札よりも効果がある。

たちまち梅屋は人気店になった。

「そうなると、気に食わない輩はどこにでもいるわけだ。特に同業の奴らなどが、目の上のたんこぶとばかりに妬《ねた》む。そんなこたぁ、昔から相場が決まってら」

それで、妙な噂《うわさ》が流れた。

「半年前に出た『当世流行化粧《はやりけわい》番付』で、梅屋は東の大関だったんだ、がな」

番付は、相撲《すもう》興行のある際、力士の格付けを一枚摺《ず》りにして出す物だ。いつの頃からか、その形式を真似《まね》て、人気料理屋、有名な寺社、温泉場、文人墨客《ぶんじんぼっかく》、歌舞伎《ぶき》役者、絵師、仇討《あだう》ち、果ては、日々の料理の献立《こんだて》やうなぎ屋だけにこだわったものも摺られた。庶民が興味を惹《ひ》きそうなあらゆるものを格付けするのだ。こうした番付は見立《みたて》番付といわれ、庶民にとっては、その時々の流行りものや、話題がすぐに知れるので、人気があった。

西の大関は『松屋《まつや》』だった、と佐竹が話し出す。関脇、小結、前頭《まえがしら》と次々店の名を挙げていく。小者にまで「昼行灯」といわれ、奉行所内でも疎《うと》んじられている佐竹だが、記憶力だけは抜群にいい。過去のお裁《さば》きから、それにかかわった人物、むろん人相書きが出回っている悪党まで、きっちり覚えている。しかし、手柄までには及ばないのは、情報をすべて同僚に洩《も》らしてしまうせいだ。手柄を立てた同僚にしても佐竹の情報が役立ったなどとはひと言も口にしない。そのため、佐竹は定町廻りとしては使えない男と認識されているのだが、内勤に回されるということもなく、このお役を父親の代から引き継いで十五年勤めているのは、どうにも不思議だった。

「番付で大関になった梅屋さんがどうして追い込まれたんで？　店はもっと繁盛するはずじゃねえですか？　それがこのざまだ。主人は死に、身代《しんだい》も没収でしょう」

新次郎が訊《たず》ねた。

「化粧品に漆《うるし》が混ぜられていたって話だ」

「漆？　そんな馬鹿《ばか》な真似はしねえでしょう？」

漆とは漆の木の樹液のことで、器《うつわ》などに塗布《とふ》すると見た目も美しく仕上がり、耐久性も増す。だが、皮膚などにつくと、かぶれをおこす。細かい水疱《すいほう》が広がり、かゆみを引き起こすのだ。ひどいときには、顔や身体全体を覆われることがある。

「おれぁ、女の化粧など知らねえが、白粉の下地に薄く塗るというものだったらしいな」

「だとしても、それを売りますかね、漆と知っていて」

そこだよ、と佐竹は息を吐《つ》く。

「漆と知ってりゃ売るもんか」

佐竹は、吐《は》き捨てるようにいった。

当然だ。漆を塗布すればどうなるかぐらい誰もが知っているのだ。それを肌に塗る化粧品に使うなど馬鹿げている。おそらく繁盛している梅屋を騙した者がいるということだ。

あの逃げた小間物屋も、「騙された」といっていた。「許さない」ともだ。

「でも、女たちは、それと信じて漆の下地を塗っちまった。幾人もそうした女たちが奉行所に駆け込んで来たよ。お前が見た婆さんの孫は身を投げたんだろう。それもあり得ない話じゃねえよ。気の毒だがな」

番付で大関になった梅屋を追い落としたかった同業者の仕業《しわざ》と思えた。あるいは、それとはまったく別に、梅屋を恨んでいた者がいたか。いずれにせよ、その者の目的は果たされた。梅屋は潰れ、主人の利兵衛はお縄を受ける前に首を縊《くく》って死んだ。

「そこまで、わかっていて、それを御番所ではほったらかしにしておくんですかい？」

理屈で考えれば、梅屋が潰れて得をするのは誰かということになる。

「おめえにいわれなくてもわかってらぁ。探索はいまも続いているよ。しかし、肝心の主人が首縊りしちまってはなにも訊《き》けない。まさに死人に口なしだ」

新次郎は苛立《いらだ》ちを隠さず、佐竹を睨《にら》む。

「まあ、そう怖い顔をするな。新次郎、喉が渇いた。そのへんの茶屋によらねえか」

「すいやせん、これから得意先へ行かねばなりませんので」

新次郎は冷たくいった。

「その面でか。さぞ、得意先も驚くだろうなぁ。薬種《やくしゅ》屋の『竹屋《たけや》』かえ？」

はい、と頷《うなず》く。

「じゃあ、早く行きな。薬種屋なら丁度いい。膏薬《こうやく》でも塗《ぬ》ってもらうんだな」

佐竹はそのまま、すたすたと日本橋のほうへと向かっていった。小者が、新次郎に会釈《えしゃく》をしてその後を追いかけた。

逃げたあの小間物屋が気になった。もう姿など見えはしなかったが、梅屋に世話になった者だといっていた。かつて奉公人だったのか、それとも梅屋の品を仕入れていたのか——。あの若い男も、おれと同じ思いを抱いているのかもしれない。

　また、突風のような風が吹いた。

　寒さは風のせいばかりではない。天保《てんぽう》のご改革のあおりを受けた江戸の町は、どこか寂《さび》しく沈み込んでいる。

　新次郎は、風から顔をそむけ、襟元を合わせた。

二

　竹屋は日本橋本町《ほんちょう》にある薬種屋だ。廻り髪結いの新次郎は、ほうぼうに得意先があるが中でも竹屋は別格だ。髪結い仲間の間でいう『あごつき』の客だ。あごつきは、髪結い賃は月で支払われ、三度の飯までついてくるという上得意をいう。その代わり、二日に一度、三日に一度など、客の求めに応じるため忙しい。しかし、こうしたあごつきの客は、同業の髪結いの間で、大金で取り引きされる。

　古く、床屋は幕府によって一町に一軒と定められ、株仲間が作られたが、天保の改革で廃止された。しかしながら、老舗《しにせ》の床屋や店が人通りの賑《にぎ》やかな場所、あごつきの客を多く持っていたりすると、その株（権利）は七、八百両《りょう》の高値で取り引きされた。あごつきの上客はそれだけの利益をもたらせてくれるのだが、廻りで飯を細々食っている髪結いには、逆立《さかだ》ちしても手が出るものではない。近頃では、富裕な者が株を買い取り、髪結い職が店を借りて営業するという形も増えていた。

滅多《めった》に入手出来ないあごつきだが、幸いなことに新次郎は、髪結い床の親方から、廉価《れんか》で譲ってもらうことが出来た。それは、まだ新次郎が髪結い床で世話になっていた頃、親方の倅《せがれ》を助けたからだ。そこらによくある話だが、仕事は苦手《にがて》なくせに遊びは得意という倅は、火消しの女房にちょっかいを出した。火消しといえば、気性の荒い、命知らずの強者《つわもの》ばかり。袋叩きに遭《あ》いそうになったところを話をつけてやった。たまたま新次郎が火消しの頭の髪結いをしていたからだ。それで件《くだん》の倅が改心したかどうかは別にしても、危難を救ってくれた新次郎に、親方が、ただ同然で竹屋の仕事を譲ってくれた。

そうして株を得た新次郎は、店を出て廻り髪結いになった。これまで店で得た客とあごつきの客を得て、なんとか生計の道が拓《ひら》けたからだ。

新次郎は、相生《あいおい》町の裏店《うらだな》に住んでいる。日本橋はさほど距離はない。

髪結い道具を入れた鬢盥を手に提《さ》げて、新次郎は町中をぶらぶらと歩くようにしていた。江戸の町には、さまざまなものが転がっている。思わぬ拾いものもある。だが、それは、髪結いとは別の仕事に使っている。

梅の花弁が、ちらちら落ちてきた。新次郎は顎を上げて、空を見上げる。どこかの大店の庭に咲いていた梅だろう。梅屋の梅花も散っているだろうかと、ふと思う。いけねえ、いけねえ、佐竹の旦那の風流がうつっちまったな、と新次郎は唇を曲げ、少し足を速める。さっきの騒ぎで遅れてしまった。なんとなく頰も重苦しい。さらに腫れてきたのだろう。梅が終われば、桜の時季だ。今年はどうするか——。桜の名所の格付けはあふれているな、と新次郎はぼんやり考えながら歩く。江戸の町はもうすっかり目覚めている。どこかで普請《ふしん》をしているのか、金《かな》槌《づち》を振るう音がする。駕籠屋が客を乗せて通り過ぎ、中間《ちゆうげん》を連れた武士が厳《いか》めしい顔をして歩いている。

竹屋の裏手に廻り、訪《おとな》いを入れる。

新次郎の声にすぐさま勝手口から出てきたのは、竹屋の台所奉公のおていだ。新次郎の顔を見るなり、「あらら、どうしたの」と、丸い身体ごと転がるように飛んできた。

「寝ぼけていて柱にぶつけてしまいまして」

おていが、新次郎を窺うように見る。嘘などお見通しだという目付きだ。

「もう、旦那がやきもきしておりましたよ。手代さんにいって、早く膏薬を塗ってもらいなさいな。あまり、余計なことに首を突っ込まないほうがいいわよ。せっかくの色男が台無し」

「恐れ入ります」

新次郎はおていの妙な目付きをかわしながら、苦笑いを浮かべた。新次郎は細面の顔で、鼻筋が通り、少し垂《た》れ気味だが眼は大きい。なんとかいう役者に似ているとおていはいうが、興味がないので忘れてしまった。

おていは二十七の大年増《おおどしま》だ。子がひとりいるようだが、すでに亭主とは離縁していて、店に出入りしている小間物屋、味噌醤油屋《みそしょうゆ》、魚屋に色目を使っているらしい。

新次郎もそのひとりのようで、ときどき、さりげなく尻《しり》を撫でられる。

「あれ、ちょっとお待ちよ。足袋《たび》が土埃だらけじゃないか。洗っておいてあげるからさ。ほら、脱がせてあげるよ」

遠慮する新次郎に構わず、無理やり框《かまち》に座らせ、「ほら、足を上げて」と、おていはいった。

土間にしゃがんだおていは、黒足袋に手を掛けた。脱がせると、おていは眼を見開いた。

「嫌だよぉ、足も汚れてるじゃないか」

おていは、太った身体に似合わず、素早く桶《おけ》に水を入れて運んできた。

「自分でやりますから」

「いいのいいの」

と、おていは水に足を浸《つ》けておくれと新次郎を促す。まず足の甲、裏を軽く水洗いし、そのあとは、指の股へ自分の指をゆっくりと差し入れ、汚れを拭《ぬぐ》いながら、新次郎を上目に窺う。その刺激が新次郎に伝わっているのがわかるのか、おていが、うふふ、としなを作って笑う。

「そうそう、新《しん》さん、小町番付見たかい。うちのお嬢さんが東の小結《こむすび》だったんだよ」

おていは、手拭いをとり、丁寧《ていねい》に足の水気を取る。

「へえ、お鈴《すず》さんは愛らしいですからね。勘右衛門《かんえもん》さんも、お喜びでしょう」

「ま、旦那さまはね、自慢の娘だって、奉公人を使って番付を幾枚も買わせて、あちらこちらに配っているようだけど、お内儀《ないぎ》さんが、心配していてね」

おていが、眉をひそめた。

「番付が出てから、若い男たちがお嬢さん見たさにこの辺りをうろついているんだよ。そのせいで、いまはお針も琴《こと》の稽古も控えているのさ。お嬢さんも気の毒だけどね」

「なるほど。美人にも苦労があるもんなんだな。おていさんも気をつけな」

新次郎が軽口を叩くと、おていが。嫌だよぉ、と新次郎の肩を思い切り叩いた。

「ご飯も用意しておくからね。髪を仕上げたら、またこちらにおいで」

おていが桶を持って、新次郎へ声を掛けてきた。あごつきの客は、髪結い賃とは別にこうして飯も食わせてくれるので助かる。

新次郎は店の手代に膏薬を塗ってもらい、店舗から続く奥の居室へと廊下を進む。

主人の勘右衛門が、庭で植木にはさみを入れていた。

「お待たせいたしました」

広縁《ひろえん》にかしこまり、新次郎は挨拶《あいさつ》をする。

「待ちかねたよ、新次郎さん。早速、やってもらおうかね。おや、どうしたんだい、その顔は」

新次郎は頬に触れながら、「寝ぼけて、うっかりを」と、おていへいったのと同じ嘘を付く。

「ははは、せっかくの二枚目が台無しだ。気をつけることだね」

今日の勘右衛門はことの外《ほか》機嫌がよさそうだ。これも娘のお鈴の番付入りのためかと新次郎は思う。

果たして、勘右衛門は広縁に上がり込むなり、懐《ふところ》から番付を出した。

「見ておくれよ、うちのお鈴が東の小結になっているんだよ」

目を細め、満面に笑みを湛《たた》えていった。

「それは、おめでとうございます」

江戸小町番付と題された一枚は、相撲番付の体裁《ていさい》を真似て、小町娘を東西に分け、大関を筆頭に関脇、小結、前頭と順に格付けして記されていた。東西を分けた間には、行司や興行主である勧進元《かんじん》の名が入っている。ただし、勧進元や興行主は、美人画で有名だった喜多川歌麿《きたがわうたまろ》を行司に、勧進元を鈴木春信《すずきはるのぶ》にするなど、いまはもう物故者《ぶっこしゃ》である町絵師の名を入れてある。

ただの洒落《しゃれ》である。

見立番付は髪結床でも、人気の読物だった。髪結いを待つ間に、その時々に売られた番付を話題に客同士が話に花を咲かせることもしばしばだった。

事件や事故、噂などをいち早く書き綴《つづ》ったものが瓦版《かわらばん》で、人々の興味や評判を格付けしたのが見立番付。同じ読物ではあるが、その性質は違う。

ただし、瓦版同様、お上の検閲《けんえつ》を受けたものではないため、堂々と売られることはない。

番付屋も役人を見つけたら、さっさと逃げる。

「いや、しかし、こうした番付を作る者たちも大変だね。あっちこっちで美人の噂を聞いて走り回っているのだろう」

そうでしょうね、と軽く応えて新次郎は勘右衛門の肩に手拭いを掛ける。

「新次郎さん、お世話になっております」

お鈴が座敷に茶菓子を運んで来た。

「おうおう、噂をすればだ。さあさあ、遠慮しないで、おいで小町娘」

「やめてよ、お父《と》っつぁんったら。新次郎さんからもいってちょうだい。あの番付が出てからうるさくてしょうがないの。ご近所に配ったりして」

新次郎は、くすりと笑って勘右衛門の髪を梳《す》く。

「自慢なのですよ、お鈴さんが。少しはお付き合いしてあげたらいかがです」

「そうだそうだ、新次郎さんのいうとおりだよ」

もう、とお鈴は、新次郎と勘右衛門の傍らに盆《ぼん》を置くと、逃げるように座敷を出て行った。

「ただ、お内儀さんが、ご心配なさっているようですね」

勘右衛門が、不機嫌に腕を組む。

「なんだい？　あのおしゃべりおていから聞いたのかい」

「ああ、その、おていさんを叱《しか》らないでくださいよ。お内儀さんと同じように心配なさっているようですから」

新次郎がとりなすようにいうと、勘右衛門が、口許を曲げた。

「まったく、うちの奴は少々心配し過ぎなんだ。こうして、番付に出たんだ。少しぐらい騒がれてもしかたがないじゃないか。たしかに、店前や屋敷の周りに、お鈴見たさの若い男たちがうろうろとはしているよ」

でもね、新次郎さん、と勘右衛門はいった。

「あたしだって、若い頃はそうだったさ。水茶屋にいい娘がいると聞けば、皆で連れ立って眺《なが》めに行ったもんさ。吉原にだって出掛けた。ただただ、花魁《おいらん》見たさでね。男なんかそんなもんだ。新次郎さんにも覚えがないかい？」

はあ、と新次郎は曖昧《あいまい》に応える。

小町娘の番付はいつの時代も人気がある。その娘が店勤めならば、店名が記され、町娘であれば、どこの町内にいるかもわかる。それによって男たちが寄り集まるのも当然だ。お鈴は人にちやほやされ、喜ぶ女子《おなご》ではない。明るい性質だが、前に好んで出てくるほうではない。集まる男どもの中には、お鈴見たさだけでなく、よからぬことを企《たくら》む者もいるかもしれないのだ。番付で若い女子を扱う難しさはそうしたところもある。手放しで娘を自慢する勘右衛門を見つつ、面倒が起きねばいいと新次郎は若干《じゃっかん》、不安にかられる。

勘右衛門の髪を梳きながら、白髪が随分増えたと思った。歳からいえば当然だろうが、

「勘右衛門さん、髪を染めますか？」

新次郎は訊ねた。

勘右衛門は、新次郎から手鏡を渡されると、「そうだねえ」と、首を左右に振って、髪を眺めていた。

「まあ、歳を重ねればしかたないねぇ。けど、あたしが急に洒落っ気《け》を出したら、うちのに、何をいわれるか。若い女でも出来たんじゃないかと疑われちまうよ」

「なるほど。そういうご心配もございますか」

新次郎は片頬を上げた。なにげない会話を続けながら、櫛を置き、鬢付け油を両手で髪に馴染《なじ》ませる。しっかりと馴染んだところで、髪をまとめ、元結いで根元を結ぶ。と、

「勘右衛門さん、ああ、髪結い中に申し訳ない」

瘦《や》せた老人が慌てて入ってきた。

「いやいや、構わないよ。もうすぐ仕舞《しま》いだから、ねぇ、新次郎さん」

「はい、まもなく」

新次郎ははさみを取り出し、元結いを切ると、髷をきれいに整《ととの》えた。勘右衛門の肩に掛けた手拭いを取り去る。

「はい、仕舞いでございます」

勘右衛門は手鏡で髷のようすを確かめ、いい出来だといった。

「ご苦労さまでしたね。台所で飯をおあがり。ああ、その前に茶菓子もあった

ね」

「恐れ入ります。いただきます。どうも、お待たせいたしました」

新次郎は櫛や元結いを手早く片付けながら、老爺《ろうや》に辞儀《じぎ》をする。

「いや、こちらこそ、無理やり通してもらったものですから。いやあ、きれいな仕上がりですな。私もお頼みしたいくらいだ」

「お褒《ほ》めいただきありがとうございます。あっしは、髪結いの新次郎と申します。竹屋さんにはいつもお世話になっております。以後、お見知りおきを」

「私は、竹屋さんの向かいにございます紙屋『舛田屋《ますだや》』の五郎平《ごろべい》でございます」

新次郎は、はっと眼を開いた。大名家の御用達《ごようたし》を務める豪商だ。江戸店では紙だけを扱っているが、国許では、紙以外にも、両替商、質屋、呉服商を手掛け、城下でも舛田屋といえば、殿さまが直々《じきじき》に金を借りに来るという商人だった。

「どういたしました、五郎平さん。随分《ずいぶん》と慌てていたが」

「いやいや、先日来、上申しておりましたことが、ようやく藩の重臣方に通りましてね。とうとう国産会所が作られることになりました」

五郎平が身を乗り出すようにいった。

「それはそれは、ようございました。五郎平さんの念願が叶《かな》いましたな」

「これがうまくいけば、藩の財政も少しは持ち直すのではないかと思います」

紙や織物の産地として、さほど名が広まっている訳ではなかったが、特に冬場に作る紙は上質である。そこでは、紙を雪の中に寝かせて、白さを出すのだといぅ。その他に乾物《かんぶつ》類も多いという。

「国許は寒冷の地でございましてね。寄糸《よりいと》藩といってもご存じではないでございましょう？」

「申し訳ございません」

と、新次郎が頭を下げると、いやいやと五郎平が首を振り、笑顔を見せた。

「二万石の小藩ですよ。冬が長《なご》うございますからな、国許の者たちが、寒中の間の食べ物に困らぬよう、昔から工夫を重ねてまいりました。かねてから、私は国許の品には自信がございましてね。もちろん高直《こうじき》で売るものではありません。それが江戸の町人にも安く広く行き渡ればよいと思っています」

なるほど、と勘右衛門は頷いた。

「お話に割り込むようで恐縮ですが、どのような物が乾物としてご自慢なのでしょう」

新次郎の問いに五郎平が、ふと笑みを見せた。

「とくに水菓子でございますよ」

「ほう、水菓子ですか」

勘右衛門も思わず声を上げる。水菓子は樹木になる実。果物のことだ。

「しかし、水を多く含んでいるから水菓子と呼ばれているものを、乾かしてしまっては、味も舌触りもよくないのではないかねぇ」

「とんでもない」

穏《おだ》やかな顔をしていた五郎平が、勘右衛門の言葉に異を唱える。

「干《ほ》し柿《がき》の美味《おい》しさを知っておりましょう?」

「ま、たしかに」

勘右衛門が五郎平の勢いに気圧《けお》されながら頷いた。

「青菜、根菜の干し物は贈答品にもなります。水菓子はそれよりも美しい色合いで、しかもその水菓子の持つ味がさらにひきたつのですよ。それと、海の幸であるなら海老《えび》の揚《あ》げしんじょもございます。中が練《ね》り物ですので日持ちが心配ではありますが、京の海老しんじょとはまた違った風味で楽しめますのでね」

五郎平は懸命《けんめい》に言葉を並べ立てる。勘右衛門もたじたじだ。

なるほど、諸国の名産品か——。

目新しさはないが、各々の地名を広める効果は絶大だ。新次郎は茶を啜《すす》りながら、その地域での食べ物、日用品にと、自慢の品がある。竹屋が扱う薬種もそうだ。越中富山《えっちゅうとやま》の反魂丹《はんごんたん》、あるいは小田原《おだわら》のういろうなどがそれにあたる。漆塗りや焼き物もそうだろう。江戸に暮らしているのは百万人ともいわれている。だが、江戸の町は、生産地ではない。諸国の物産が集まる消費の地なのだ。

五郎平は、そこに眼をつけ、国許ではごくあたりまえの品でも、江戸では新しいものとして受け入れられるのではないかと思ったのだろう。

「その国産会所の普請にあたって、私の幼馴染《おさななじ》みが明後日、国許から江戸に着くのですよ。もう戸塚《とつか》宿あたりまで来ているようですが」

「ほうほう」

勘右衛門が頷いた。

「国産会所は、下屋敷を用《もち》いるのですか？」

新次郎が訊ねた。

「いえ。下屋敷は本所《ほんじょ》ですから、人の賑やかなところがいいと思いましてね。浅草《あさくさ》の花川戸《はなかわど》町のしもた屋《や》を私が買いとりました。ですから普請といっても、それを改装するだけではあるのですよ。しかし――」

こうしたことには反対者がつきもの。もし失敗をしたときは誰が責めを負うのか、あるいは店が軌道に乗るまでは誰が銭《ぜに》を負担するのかと、いろいろ噴出したのだという。若い殿さまも、さまざまな意見に惑わされ、決断出来ずにいたらしい。

「そうしましたら、国家老《くにがろう》さまが業《ごう》を煮《に》やし、ならば、国産会所を己《おのれ》が取り仕切るというと、これまで反対していた重臣らも渋々納得いたしまして。その幼馴染みには十年振りに会うものですから、楽しみでしてね。互いに歳を取りましたが、思い出すのは、ふたりで野山を駆け回っていたことで」

「その方はどのような」

「ええ、まさにその国産会所を取り仕切るといった国家老でございますよ」

国家老さまと幼馴染みとは、と勘右衛門が思わず声を上げた。

なに、藩校で机を並べておりましたもので、と五郎平は懐かしそうな顔をした。

「では、そのご家老さまが、直々においでになられるのですか。しかも国産会所を取り仕切る役をお引き受けに。たいしたお方ですなぁ。いやはや藩の力の入れようが並々ならぬものだとわかります」

新次郎はさりげなくふたりの話に耳を傾けながら、片付けを済ますと、挨拶をした。

「それでは、明後日、また参ります」

腰を上げた新次郎を、勘右衛門が止めた。

「明日もお願い出来るかね。寄合があるのだよ。例の料理屋なんだが」

と、勘右衛門が頬をだらりと緩《ゆる》めた。例の料理屋、か。新次郎は心の内で笑う。その料理屋お抱えの芸者に勘右衛門はぞっこんなのだ。

「それでは、念入りに」

新次郎が心得たとばかりに頭を下げると、

「いやなに、娘ほども歳が違う子だからね。後押ししてやりたいだけのことさ。これはまことのまこと」

訊ねもしないのに、勘右衛門はひとりで言い訳めいた物言いをした。

「私もお願いしてはいけませんかね」

五郎平がいった。

「そうだそうだ。高輪《たかなわ》の大木戸までお出迎えに行くのでしょう？　幼馴染みとはいえ、お相手はご家老さまだ。やはり紋付袴《もんつきはかま》をお着けになるんですから。いいよね、新次郎さん」

「はあ、あっしは構いませんが。舛田屋さんお出入りの髪結いがいるのではございませんか？」

新次郎が遠慮がちに訊ねると、五郎平は手を振った。

「実は、いま頼んでいる髪結いが在所に戻っておりましてね。戻るのが明後日なのですよ」

「それでしたら、何刻《なんどき》に参りましょうか？」

うん、と五郎平は額《ひたい》の皺《しわ》を深くした。

「そうだねぇ、川崎《かわさき》のお大師《だいし》さまにも寄ると文《ふみ》を寄越《よこ》したからね、朝の五ツ（午前八時頃）にはお願い出来ますかな」

「承知しました」

なら、決まりだと勘右衛門は頷くと、今度は、五郎平相手に小町番付を広げて見せた。湯飲《の》みを載せた盆を手にして立ち上がり、座敷を後にする新次郎の背に、

「ほう、お鈴さんが。これはこれは。私は息子だけですから、なんの華やかさもなくてね。やはり娘さんはいいですな」

お世辞ではない五郎平の声が聞こえた。

台所のほうから、お鈴が盆を持って、廊下を歩いて来た。

「あ、新次郎さん、朝餉《あさげ》の用意が出来ているから、おていさんに声を掛けてください ね」

「これもおていさんにお渡ししておけばよろしいですね」

「わざわざ、持って来てくださったの。あたしが片付けるのに」

「ついでですよ。飯をいただきに台所へ行くのですから」

お鈴がくすっと笑う。たしかに、ちょっとした仕草も愛らしい。番付屋は、さまざまな噂を集め、その裏付けをして格付けをする。お鈴のことも稽古の帰り道や、外出のときなどを狙《ねら》って、探っていたのだろう。

女を格付けするのは嫌なものだと、新次郎は思う。と、お鈴の櫛がさっきとは違っていることに気がついた。勘右衛門の髪を結っている際に入って来たときは、なんの意匠もない柘植《つげ》の櫛だったが、いま挿《さ》しているのは、鈴に松の意匠が入った櫛だった。

「あ、いけない。お茶が冷めちゃう。それじゃ、ね。新次郎さん」

お鈴は、少し小走りになって、座敷へと向かった。

新次郎は、台所で煮炊《にた》きをしているおていに声を掛けた。

「おや、ご苦労さま。もう支度《したく》は出来てるから、お上がりよ」

おていは、新次郎の側《そば》に身を寄せてくると、今日はお菜をひとつ増やした、と妙な眼つきをして、新次郎の隣に座る。

新次郎は、丁寧《ていねい》に辞儀をして、握り飯から頬張る。

「そうそう、さっき勝手口の塀《へい》の向こうにぼさっとした大男が来てさ。こっちを覗き込んでたのよ。だからどうせ番付を見て、お嬢さんを訪ねて来たんだと思って、あたしが出て行って、お嬢さんはいないっていったの」

すると男はおていの剣幕に後退《あとじさ》りして、身を翻《ひるがえ》したのだという。

「図体《ずうたい》は大きいのに意気地のない男よ。背も丸めちゃってさ、きょろきょろ当りを見回して、顔つきも暗い感じで」

握り飯を食べつつ、新次郎はおていの話を聞いていた。

ところが、運悪くそこへお鈴が姿を見せてしまった。おていが、その男の話をすると、お鈴はおていが止めるのも聞かず、表に出て追いかけ、男に声まで掛けて話をしたのだという。

「つまり、知り合いだったってことですね、その男と」

「どうかしらねぇ、男のほうは妙におどおどしてさ、お嬢さんは明るいほうだから、変わりないしさ。お優しいだろう？　お嬢さんはさ」

それでさ、とおていは、新次郎に身を寄せてきた。わざわざ、尻をあてるようにしてくるのが、うっとうしかったが、新次郎は笑って堪《こら》える。おていは、小声でいった。

「櫛を、さ。もらったようなんだよ、その男から。お嬢さん、ちょっと嬉しそうにしていてさ。それが不思議だったんだけどね。すぐに挿し変えたみたい」

ああ、あの櫛か。

「よほど、お嬢さん贔屓《びいき》の男なんでしょうね」

新次郎がいうと、おていは顔をしかめた。

「なんだか、薄気味悪かったよ。渡すもの渡したんだし、すぐに帰ればいいのにさ、しばらくそこに立ち止まって、こっちを覗いていたんだ。お嬢さんがまた出てくるかもしれないって思ってたんだよ。ぼうっとした男のくせに図々《ずうずう》しいったら」

お嬢さんもお嬢さんだと、おていは口調を強めた。よく知りもしない男からもらった櫛を嬉しそうに挿したら、勘違いするに決まっているという。

「それは、自分に気があるかもしれないってことですか」

「そうだよ。あたしだったら、そんなこと絶対にしないね。身につける物なんかもらうのも嫌だよ」

おていは両肩を抱いて身震いする。

どういうかかわりかはわからないにしても、櫛を渡した男とお鈴は知り合いだろう。そうでなければ、自ら表に出ることはないだろうし、もらった櫛をすぐに挿したりしない。

「おていさんは身持ちが固いから、とてもとても男は寄りつけませんね」

新次郎が軽く笑うと、それが気に入らなかったのか、おていは、「そうなのよぉ」といって、わざとらしく腰をくねらせてから離れた。

竹屋のあごつきはいい稼ぎになるが、毎度おていが妙な態度で接してくるのが面倒ではある。ただ、おていのようなおしゃべり女は、ときに役立つことがあるので、うまく受け流しながら相手をする。

情の濃い女は味方になってくれるからいいが、ただ利用されていたと勘《かん》づかれると、途端に恐ろしい女になるから、やっかいだ。

おていはその典型だ。噂好き、話好きの女は、新次郎にとって使い勝手はいいが、浅く適当に付き合っているのが一番だ。

第二章　種取《たねと》り

一

竹屋を出て、新次郎は空を見上げる。まだまだ陽は高い。新次郎は袋叩《だた》きにされた若い男のことを思い出していた。

番付で大関になったというあの店に恩義を感じていたあの若い男は、やり場のない怒りや後悔に満ちていたのだろう。

投石をした老婆の腕を咄嗟《とっさ》に押さえてしまった気持ちもわからなくはなかった。

主が首を吊《つ》って死に、店は潰れ、妻子は行方知れず——か。

不意に、新次郎の中に悔恨《かいこん》が渦巻く。もしも、あの時、父と兄の側にいたら、守ってやれたのではないか。少なくとも、義姉《あね》と姪《めい》だけは、救うことが叶《かな》ったかもしれない。あの若い男と自分は同じだ。

ただ、あの男と異なっているのは新次郎にとっては、父と兄だった。竹屋と同じく薬種屋を営《いとな》んでいた実家がやはりそうした憂《う》き目にあったのだ。

そのときも番付がらみだった。

もう数年前のことだ。

まだ夏の暑さが残っている頃だった。蟬《せみ》が降るように鳴いていた。

新次郎の実家は、『富美屋《ふみや》』という薬種屋を営み、番付で関脇に格付けされた。滋養強壮の家伝薬が話題になっていたからだ。それが出てすぐ、客は倍以上に増えた。夜通し薬研《やげん》を引き、丸薬を作っても足りなかった。

人はすぐに目新しいものに心を奪われる。人と同じ物が欲しくなる。あるいは人に遅れてなるかと、懸命になる。人と違う自分に不安にかられる。人と同じ物を得ることで安心を得る。群れて群れて、踊《おど》らされる。

新次郎は七年前、十六の頃から家にあまり寄り付かなくなった。薬草臭い家にいるのと、代々続く暖簾《のれん》を守れ、薬種は人の命とかかわるのだと口うるさくいう父親に我慢がならなかったのだ。さらに如才《じよさい》ない兄と違って、次男の新次郎は、なにかと父親に逆らった。きっかけは母の死だ。新次郎が幼い時に母は亡くなっているが、父は医者にも診《み》せず、自分の作った薬を処方して服《の》ませていた。結局、世間には就寝中に心の臓の病《やまい》に襲われ、気づいたときにはもう息がなかったといった。大嘘《おおうそ》だ。母は半年以上寝たり起きたりの暮らしだった。死ぬ前には、痩せぎすで、歩く気力もなかった。誰が見ても病だとわかる。しかし、父は薬種屋のお内儀が長患いなどしようものなら、店の信用が落ちると、母を店には出そうとはしなかった。そのときの新次郎は幼すぎた。ただ母の傍《そば》にいることしか出来なかった。父を罵《ののし》れなかった自分が悔しかった。枕辺《まくらべ》に座っていると、「お父っつぁんを嫌いにならないで。おっ母さんが悪いんだもの」といって、新次郎の手を握った。指先がもう冷たくて、母は死ぬんだと思った。

人は病に罹《かか》る。どんな薬を作ろうとも、医者に診せようとも、治癒《ちゆ》しない病はいくらでもある。加持《かじ》だ祈禱《きとう》だと、そんなものに頼って、病除《よ》けの札を貼る。医者などヤブばかりだ。威張《いば》りくさって、ちょっとした知識だけで、法外な薬袋《やくたい》料《りょう》を取り立てる。薬など、どうせ気休めなのだ。父が母のためだといって作っていた薬もそんなものだ。父は母を見捨てたのだ。

実家の丸薬を服用して、死人が出たという瓦版を見たのは、新次郎が深川の岡場所で女と寝ているときだった。

その岡場所の遣《や》り手婆《てばば》が年寄りとは思えぬ早さで階段を駆け上がってきた。

「あんたの家じゃないのかい」

そういって広げた瓦版には、家伝の丸薬を飲んだ十数人が嘔吐《おうと》し、中には死人も出たとあったのだ。馬鹿な、と新次郎は咄嗟に思った。

家伝薬は、もう代々に亘《わた》って売られてきた。いままで、そのようなことが起きたことは一度もない。もともと万病に効くわけではない。番付で関脇に格付けされた後は、あらゆる病に効能ありというような噂《うわさ》が流れたが、虚弱な者を少々丈夫にする、それだけの薬だ。

新次郎は、小袖を引っかけ、帯を結びながら岡場所を飛び出した。往来の者が半裸の新次郎に眼を瞠《みは》り、道を開けた。

大川《おおかわ》を流していた猪牙舟《ちょきぶね》を無理やり呼び止め、乗り込んだ。

実家は大騒ぎになっていた。店先も人だかりがしている。店の小僧や手代が懸命に人払いをしていた。幾人もの奉行所の役人たちが、店の中で大声を出している。古参の大番頭、甚左衛門《じんざえもん》が新次郎の姿をみとめ、駆け寄ってきた。

すでに父親と兄はお縄になり、大番屋へ連れて行かれたという。

「甚左衛門、いますぐ家伝薬の処方箋《しょほうせん》を出せ。あれがあれば人に害を与える丸薬などではない証《あかし》となるはずだ」

と、怒鳴《どな》った。

甚左衛門は急に顔を強張《こわば》らせ、新次郎さま、と顔を伏《ふ》せた。

「ですが、新次郎さまはすでに勘当《かんどう》の身。もう、お店とのかかわりはございません。どうか、どうか、このままお引き取りくださいまし」

勘当——。

「どういうことだ、甚左衛門。おれがいつ勘当になったというんだ！」

「旦那さまがお決めになったことでございます。勘当された方が、この辺りをうろうろしていてはなりません。富美屋とはなんの縁もございません。新次郎さまが訪ねて来ても決して店には入れるなと申しつけられております」

「おれは銭金の無心に来た訳でも、親父に恨み言をいいに来た訳でもない。なにがあったのかたしかめに来た、それだけだ」

新次郎が甚左衛門を押しのけるように踏み出した。

「新次郎さま」

　甚左衛門が新次郎の身体《からだ》を抱くように、押し止《とど》めた。店の中へは行かせまいと懸命に足を踏ん張る。

「離せ、離してくれ」

「駄目です。もう新次郎さまはこの家の方ではありません」

「うるさい、黙れ！」

　新次郎は思い切り身をよじって、甚左衛門を突き飛ばすように転《ころ》がした。甚左衛門が腰を打ち、痛みに顔を歪《ゆが》めた。

「大番頭さん！」

　若い番頭が駆け寄って、新次郎を睨《ね》めつけた。

「なんだ、その眼は。おれは富美屋の倅《せがれ》だ」

「倅ですって？　旦那さまや若旦那さまに心配ばかりおかけしている方が、なにをおっしゃっているのです」

「てめえ、奉公人が利《き》く口じゃねえぞ」

「よしなさい。あたしは大丈夫だよ。ちょっと肩だけ貸しておくれ」

　若い番頭が甚左衛門の腋《わき》に腕を入れ、立たせる。

「け、もうろく爺《じじい》が出しゃばってくるからだ」

「いい加減になさいませ、新次郎さま」

番頭へ下がるようにいった甚左衛門が、声を震わせ新次郎の前に立った。

新次郎を見つめる甚左衛門の眼が潤《うる》んでいた。

「これまで、新次郎さまは旦那さまのいうことをひとつもお聞きにならず、お店を飛び出し、行方知れず」

もしもそれが、お内儀さんのことで、と甚左衛門が洩《も》らした。

「それがどうした。親父は医者も呼ばなかった。薬種屋の見栄《みえ》だけじゃねえのか。見栄と人の命とどっちが大事なんだ」

新次郎が怒鳴った。甚左衛門が首を横に振った。

「あれは、お内儀さんが望んだことです。もう胸の岩《がん》（癌）で、手の施《ほどこ》しようがなかったのでございます。その痛みを抑えるために、旦那さまはお薬を処方なさっていたのです」

甚左衛門は唇を震わせ、新次郎を見つめた。

「お願いでございます。一度だけでも、旦那さまのおいいつけを聞いてくださいまし。まだ、旦那さまを父親と思っていらっしゃるのなら。若旦那を兄と思っているのなら」

父親と思っているのなら、兄と思っているのなら――新次郎の身体から急に力がぬけ落ちた。少しは真面目《まじめ》になれと諭《さと》す兄の優しい顔。遊びほうけていないで、稼業の手伝いをしろと眉間《みけん》に皺《しわ》を寄せる父の顔。

「おれは――」

新次郎は自分の声が震えていることに気がついていた。

「お裁きがどう下されるのかもわかりません。死人が出たというのも瓦版が大袈《おおげ》裟《さ》にいい立てたものとも思われます。それは、お調べが進んでからのこと。新次郎さまは、いますぐこの場から立ち去ってください」

新次郎は唇をぐっと嚙《か》む。

「おい、そこの者」

黒の巻き羽織の役人が、十手《じって》を手に近づいてきた。

「おまえも、この店の者か」

威丈高《いたけだか》な物言いに、新次郎が思わずカッとなって、身を乗り出した。甚左衛門が、すかさず新次郎の前に進み出た。

「いいえ、この方は、通りすがりの見物人でございます」

「ほう、そうか。この店は兄弟ふたりと聞いていたが、どうも弟のほうが見当たらんのでな、捜しているのだが」

甚左衛門は、役人に向けて不意に柔和な笑みを浮かべた。

「私は、この店の大番頭でございますが、お子さまは、おひとり。弟さまは、行状が悪く勘当になりました。お調べいただければおわかりになることでございます」

「ふうん、勘当、ねえ。けど弟にも話を聞きてえな」

甚左衛門は、手代を呼ぶと、その耳許《みみもと》にそっと何かを告げた。手代が、一瞬、新次郎を見て、はっとした顔をするが、甚左衛門は毅然《きぜん》として役人の前に立っていた。

手代が取って返すと、番頭はなにかを受け取り、役人の身体にそっと近寄った。

役人が袂《たもと》に手を入れ、頰を緩《ゆる》ませる。

「なるほど。勘当されたか。よほど手を焼かせた出来の悪い倅だったようだな」

新次郎を見ながら、にやにやした。新次郎は懸命に怒りを抑えていた。

「それでは一緒に暮らしてはおるまいなぁ。なるほどなるほど」

店とはかかわりないな、と背を向けると、富美屋へと入って行く。新次郎はその場で拳を握り締めた。このときの役人が佐竹六左エ門だった。

「ここは堪《こら》えてくださいませ。きっとなにかの間違いでございます。富美屋の家伝薬で人死にが出るなど、あり得ないことでございますから」

甚左衛門は悔しげに言葉を嚙み締めるようにいった。

「お任《まか》せくださいませ。新次郎さま。私、この老体に鞭《むち》打ちましても、富美屋をお守りいたします」

「頼む」

新次郎は、頭を深々と下げ、踵《きびす》を返した。店の中は、役人たちに引っ掻《か》き回されている。一体、なにが起きたのかもわからなかった。富美屋の薬が死人を出した。そんなことがあるはずがない。ただ祈ることしか出来なかった。

まさか父が、母の苦しみを和らげようとしていたなど、思いも寄らなかった。やはり、おれは、ガキだったのだ。なにを見ていたのか。

新次郎に行き先などなかった。深川の女郎屋に戻る気など起きるはずもない。結局、戻れる家があるからこそ、気ままが出来ていたのだ。それにいまさら気づいたところでどうにもならなかった。

ましてや勘当されていたとは知らなかった。父親はこのことが起きる以前に届け出をしたのかもしれなかった。もしかしたら、親父はなにか予感していたのか。それはなんだ——。

曇った空から雨がぽつりぽつりと降ってきた。新次郎は、雨に濡《ぬ》れながら空を見上げて歩いた。道行く人々が気味悪げに見ては遠ざかる。新次郎の眼から知らぬうちに涙が流れた。

なんの涙か——。悔しさか。悲しさか。そのどちらも当てはまるような気がした。

どこをどう歩いただろう。ただぼんやりと歩き、両国橋《りょうごく》の上でなんとなく立ち止まった。

欄干《らんかん》に両手を突っ張り、新次郎は呻《うめ》いた。なにも出来ない自分に苛立《いらだ》った。

「ねえ、兄さん、どうしたんだい」

女の声がした。

「びしょ濡れじゃないの。どこから歩いて来たのさ」

傘《かさ》を差し掛けてきたのは、切れ長の眼をした年増《としま》女だ。おりんと名乗った。

「橋を渡った処《ところ》に、あたしの店があるの。寄っていかない？」

おりんは、ゆっくりと微笑んで、誘うように首を傾《かし》げた。

新次郎はどうでもよかった。雨をしのげる場所さえあればいいと思った。

両国橋の東詰めから、すぐのところに、おりんの店『根津美《ねづみ》』があった。飯を食わせる店のくせに、ねずみという名も妙なものだが、

「あら、ねずみがいると思って猫が集まるのよ。だからうちの店にはねずみなんか一匹もいやしないわよ」

そう、おりんはうそぶく。

「まあ、うちに寄り付くのは猫より、のんべえの虎のほうが多いかしら。今日は濡れねずみを一匹拾っちまったようだけど」

遠慮のないおりんの言葉がかえって新次郎の乾いた胸には心地よかった。

新次郎は、そのままおりんの店に行き、浴びるほど酒を飲んで、おりんと寝た。

新次郎は乱暴におりんの襟元を広げ、その白い胸に顔を埋《うず》めた。膝で裾《すそ》を割り、脚に指を這《は》わせた。おりんの息使いが激しくなるにつれ、新次郎の苛立ちがさらに募った。自分の情けなさと不甲斐《ふがい》なさを、おりんにぶつけるように抱いた。

ふたりの汗がぬめぬめと絡むような暑さだった。

次の朝、おりんは何事もなかったような顔をして、新次郎に朝飯を食わせた。新次郎も昨夜のことには一切《いっさい》触れなかった。おりんとはその夜、一度きりだ。

結局、新次郎の父と兄は、ろくな詮議がなされないまま死罪になった。その亡《なき》骸《がら》の引き取りですら、新次郎は行かなかった。甚左衛門と奉公人が、刑場に置き去りにされた主と若旦那の亡骸を埋葬した。新次郎は、どこに埋葬されたのかも、知らない。どうせみな土に還るのだ。どこに埋められようと、おなじだと思った。ただ、父と兄の無念の思いだけは、消してはならないと新次郎は感じていた。

当然、店も潰れた。兄の妻と子は里に戻ったと聞かされていたが、死罪を出した家からの出戻りなど、親戚が許すはずもなく、追い出されたままその行方はしれない。

「この老体に鞭打ちましても、富美屋をお守りいたします」といっていた甚左衛門が兄の妻子とともにいてくれたらと思っている。しかし、甚左衛門とて、富美屋がなくなれば、行くあてなどないのだ。ひどい奴《やつ》だな、と新次郎は己を笑う。

あの番付に出てから、店はおかしくなったのだ。新しく雇った奉公人の中にも、家伝薬を作っていた者もいる。そうした奉公人の名簿すら、新次郎は見る事は叶わなかった。

富美屋とは、まるで関係のない人間としていなければならなかったからだ。

再び、蟬の鳴き声が新次郎の耳に戻って来た。

あごつきの竹屋も薬種屋だな——。なんの因果か、と新次郎は息を吐《つ》いた。

さて、おりんの店にいくか、と新次郎は、首筋の汗を拭って足を速めた。

二

「おいでなさいませぇ、あ、なんだ新次郎さんか」

『根津美』の小女、おさえが、一旦片付けの手を止めたが、すぐにそっぽを向いた。

「なんだはねえだろう、客なんだから」

新次郎が苦笑しながら、鬢盥《びんだらい》を小上がりに置くと、おさえが再び新次郎を見て、眼を見開いた。

「どうしたの？　そのほっぺた。喧嘩《けんか》でもしたの？」

「そうじゃないんだ。うっかり当たっちまっただけでさ」

「うっかりって、豆腐《とうふ》の角じゃそんなに腫《は》れやしないでしょうに。新次郎さんは廻《まわ》り髪結いなんだから、気をつけなきゃ」

なにを気をつけるのかと、新次郎は、小上がりに上がりながらおさえに訊ねた。

「だって、髪結いさんは見映《みば》えも大切だもの。新次郎さんは元がいいんだから」

「なるほどね、おさえちゃんのいうとおりだな。なあ、なにか食わせてくれるかな」

おさえが、なにもないわよとあっさりいった。

「朝の分はもうなくなっちゃったし、いまは夕餉《ゆうげ》の仕込み中。あごつきの竹屋さんで食べてきたんでしょう?」

「酒でもいいし、甘いものでもいいよ」

「図々《ずうずう》しいなぁ。まあ、新次郎さんはもう家族みたいなものだろうけど。女将《おかみ》さんに訊いてからね」

「おりんさんは?」

「いま、振り売りの八百屋さんを追いかけて行ったところ」

新次郎は、腰を下ろした。土間に腰掛けが三つ。片側に小上がり、奥は板場という小さな店だ。小上がりには、まだ片付けきれていない膳が置かれたままになっていた。

土間の腰掛けには、白髪頭の老武士が、供とともに座っていた。袖無し羽織にカルサン。帯びているのは、脇差だけだ。もう隠居の身なのだろう。五日に一度ぐらい顔を見かける。店の中はその客だけだ。

「おさえさん、もう一合くれんかね」

「駄目駄目、おりんさんから、ご隠居さまに一合以上は呑《の》ませないでといわれていますから」

「なんじゃ、つれないのう。わしはここで都鳥《みやこどり》を呑むのが唯一《ゆいいつ》の楽しみなのだが」

「さ、ご隠居、参りましょう」

供が銭を置くと、老武士が渋々立ち上がった。そのときおりんが裏口から姿を見せた。青菜を入れた笊《ざる》を抱えている。無事に買えたようだ。

「おお、おりんさん、馳走《ちそう》になった」

「毎度ありがとうございます。またいつでもどうぞ」

おりんは老武士に丁寧に腰を折った。

老武士と供が店から出て行くと、早速、新次郎に声を掛けてきた。

「新さん、竹屋さんからの帰り？」

その途端《とたん》におりんが噴《ふ》き出す。新次郎の膏薬《こうやく》に気づいたのだ。

「うっかりしただけだよ」

「ああ、おさえちゃん、菜っ葉を洗っておいてくれる？」

おりんが笊をおさえに手渡す。返事をしたおさえはすぐ表にある井戸へ出て行った。

おさえが、出て行くのを見計らってから、おりんはくすくす笑うと、新さんも殴られることがあるのね、といった。まったくおりんには敵《かな》わない。新次郎は、梅屋の前での出来事をざっと話した。

「ああ、梅屋さんね。噂には聞いていたけど……番付のせいかどうかはわからないにしても、嫌な話ね」

新次郎の表情を見てとったのか、おりんは、それ以上梅屋のことは口にせず、明るくいった。

「もう、ご飯はいただいて来ているのよね。すぐお酒の支度をするわね」

おりんは、都鳥と記された孤樽《こもだる》から、銚子《ちょうし》に酒を注《つ》ぐ。

江戸では、灘《なだ》や伏見《ふしみ》といった下《くだ》り酒《ざけ》がもてはやされているが、根津美では、あえて浅草駒形《こまがた》で醸造されている江戸の酒を出している。都鳥は、大川でよく見られる鳥のことだ。

「上方《かみがた》のお酒は、江戸に下ってくるから下り酒、江戸のお酒は下らないから、下らない酒といわれるけれど、江戸っ子だもの、江戸のお酒を呑まなきゃね」

おりんは、うふふと笑う。

灘や伏見は当たり前、だから地酒を呑みたいという者は多く、おりんの店はなかなか繁盛している。ときには、伏見から下ってきた酒業者も訪れるというから、面白い。

「あの爺《じい》さん侍も、都鳥が好きなんだな」

「そうなの。初めてここに来たとき、剣菱《けんびし》を出したら、これじゃないって叱られたの。都鳥を呑みに来たんだって」

「へえ。それはいい。都鳥が呑める店と評判になっているのだろうな。けど、ちょっと面白いお武家だな。昔はそれなりの人だったように見える」

「そうかしら。あたしには、枯《か》れたおじいさんにしか見えないけどね。でも常連さんだから大事にしないとね」

おりんはたいして気に留める様子もなく、板場に入った。

新次郎は首を伸ばして板場を覗《のぞ》く。板前の小吉《こきち》の姿が見えなかった。小吉はおりんの四つ違いの弟だ。大きな料理屋に奉公して、一年前に戻ったばかりだ。いまは、おりんは近くに長屋を借り、小吉が二階で寝泊まりしている。

「小吉なら魚を買いに河岸《かし》に行ってるわよ。でさ、新次郎さん、次はもう考えているの？」

うん、と新次郎はおりんにあいまいに頷《うなず》く。その時、

「女将さん、菜っ葉洗いましたよ。今日は、もうこれであがらせてもらいます」

おさえが店に出て来ていった。おさえは、身体の弱い母親とふたり暮らしだ。

根津美は夜までやっているが、おさえは、三日に一度は昼過ぎに帰っている。

「ごくろうさま。ああ、残ったお菜を少し持って行きなさいな」

「いつも、すみません。助かります」

おさえが、お菜を持って店から出て行くと、おりんが根津美の縄のれんと看板を一度下げた。日が暮れてから、また開くのだ。代わりに、いまは支度中の札を下げる。それを終えたおりんは板場から銚子を手にして、新次郎の隣《となり》に座った。

新次郎は猪口《ちょこ》を口にする。店の中を見回して、おもむろに諸国名産品の番付はどうかと話した。

「諸国の名産番付ね。さほど目新しさは感じないわね。食べる物だけ？　それとも日用の品も入れるつもりなの？」

「まだ、そこまでは考えてはいないんだが——」

新次郎は竹屋で会った五郎平の話をおりんに話した。おりんは、小首を傾げながら新次郎の言葉を黙って聞いていたが、

「ということは、その五郎平さんって人のお国許が扱う品物がよければ、番付に載せようってのかい？」

おりんが身を折って笑う。

「なんだよ、そんなにおかしいかい」

「だって、新次郎さんらしくないじゃない。結局、その五郎平さんって方に力を貸してあげたいってことじゃないの？」

新次郎は、顔を歪めた。

「それもなくはないな。悪いお人にも見えなくてさ。藩の財政の建て直しに懸命になっているのが、見てとれた」

ている。

「甘いねぇ、相変わらず」

と、髪を銀杏返《いちょうがえ》しに結った美々《みみ》が、店に入って来るなり、新次郎にいい放った。眼がくりくりとした愛らしい娘だが、股引《ももひ》きに腹掛け、尻はしょりした小袖に三尺帯《さんじゃくおび》。恰好《かっこう》は男の形《なり》だ。新次郎とほぼ同じようだが、新次郎は角帯を締めている。

「番付なんかさ、そのときの流行《はや》りをすぐさま出さなきゃ遅れを取るんだよ」

「美々ちゃんは、いつもそうなんだから」

美々が銚子を取ろうとする手を、おりんが叩く。

「おりん姉さん、あたしだって、もう十六だよ。酒の一杯くらいいいだろう」

まだ駄目、とおりんは笑いながら、腰を上げると板場へ去って行く。

「あ、新次郎さん、その膏薬どうしたの？」

「うるせえな、どいつもこいつも。皆が揃《そろ》ったら話すよ」

美々は、楽しみにしてるから、といいながら笑いを堪えていた。

「でさ、新次郎さん、小町番付は見たんだろう？　町中大騒ぎだよ」

ああ、と頷く。

「だからさ、人が騒ぐものじゃなきゃ番付なんか出しても意味ないじゃないか」

新次郎は美々を横目で睨《にら》む。

「なにさ」

「人の眼につくものだからこそ、慎重にやらなきゃいけない。人が騒ぐものだから、嘘も駄目だ」

それで人が死ぬことだってあるんだ、と新次郎は心の内で呟《つぶや》く。

美々は、そうかなぁ、と小上がりにひっくり返り、手枕をして、大口を開けて笑った。

「水茶屋のおたまは、版元の『美濃屋《みのや》』の妾《めかけ》だよ。東の大関になったから、水茶屋は大儲《もう》けさ。美濃屋は、町絵師たちにおたまを描かせて次々版行させている。これまた儲かるって寸法」

ふん、と新次郎は鼻で笑った。

「西の大関の煎餅《せんべい》屋のおつやも、まさか美濃屋の妾だっていうんじゃないだろうな」

「それは、ちがうよ。番付屋の辰造《たつぞう》の妹だってさ」

ぶっと、新次郎は酒を噴き出した。

「汚いなぁ、なによ」

「あのごつごつした顔の辰造の妹だって？　あんな男の妹が大関になれるか」

「腹違いなら、なれるだろ？」

「ああ、そうか」

「でもね、世間の人は正直よ。小結のほうが大関じゃないかって。この番付には裏があるってさ。笑っちゃうよ」

お鈴か。美濃屋の妾のおたまも、辰造の妹のおつやも見たことがない。そこそこ美人ではあるのだろうが、可憐《かれん》さはきっとお鈴のほうが上なのだろう。

美々は、よっと身を起こした。

「おまえもさ、いい加減、その男の恰好はやめたらどうだ？　小町娘ほどじゃないが、可愛《かわい》い顔をしているんだ」

「気持ち悪いことといわないでよ、新次郎さん。腕が粟立《あわだ》つよ」

「伊勢蔵《いせぞう》さんが泣いているぞ」

「はん、兄さんはあたしの恰好より、彫りのことしかいわないよ。早く彫れ、ちゃんと彫れってね。それに、この恰好のほうが仕事もしやすいからさ」

まあ、伊勢蔵は摺師《すりし》だから彫りにうるさいのは仕方がない。

「嫁の貰《もら》い手がなくなるのが、心配なんだよ」

「いざとなったら、新次郎さんに貰ってもらうからいいよ」

「少なくとも、女の恰好をしている女子《おなご》じゃなけりゃ嫌だね」

新次郎がいうと、美々があかんべをした。新次郎は舌打ちする。

「さ、二階へ上がってくださいな。美々ちゃん、伊勢蔵さんと宝木《たからぎ》さんは？」

「きっとそのうち来るわよ」

美々は、勝手知ったるとばかりに軽やかに階段を上がって行く。

根津美の二階は、二間《ま》あり、一間は小吉の寝間、もう一間は新次郎たちの仕事場になっている。筆耕《ひっこう》用の文机《ふづくえ》、彫り用の版木、そして、摺り台が置かれている。新次郎、おりん、小吉、美々、そして伊勢蔵と宝木の六人は、表とは別の稼業として番付屋をやっている。

番付は、瓦版とは違って、好きなときに好きなことを書いて番付にして売り出す。だから、そのぶん難しさはある。新しいもの、珍しいものに人々は惹《ひ》かれる。さらに、興味を引き立てることが肝心だ。たとえば、ご政道でも、老中が変わった、若年寄が辞めたというのは、大きな関心事になる。庶民の興味を惹かなければ、売れない。

新次郎たち番付屋の好みも反映されることもあるが、出来るだけ公正に、世に広める。

たった一枚の番付が世間を大きく変えることもある。さっきの小町番付のように、大関になれば錦絵が売れる。物であれば、もっと世の中は動く。これが、不安をかき立てるような、たとえば値上がり番付、値崩れ番付など出そうものなら、相場ががたがたになることもあるのだ。それが番付の面白さであり、作り手側の醍醐味《だいごみ》でもある。

ぎしぎしと階段を上がってくる音がした。足音がふたつ。

「遅くなりまして」

「遅くなって、すまん」

姿を現したのは、美々の兄伊勢蔵と宝木十三郎《じゆうざぶろう》だ。互いに独り者の三十路《みそじ》。宝木は武士だが、ゆえあって浪人暮らしをしている。伊勢蔵は厳《いか》つい顔をしているが目許は優しい。本人は話さないが、左の目蓋《まぶた》に小さな傷がある。宝木は、文字を書く筆耕の担当だ。新次郎と小吉は種取《たねと》りのため世間を歩き、美々は彫り、伊勢蔵は摺りに加えて、路上で売り捌《さば》き、おりんは、ここ根津美の女将であるが、新次郎たちに仕事場を貸している。

宝木が新次郎の横に座った。顎ががっしりして武張《ぶば》った顔貌《がんぼう》だが、きりりとした真っ直ぐな眉が誠実さを表している。その宝木の表情がいつもより固い。

新次郎が、その訳を訊ねるより早く、宝木が眼を丸くして、「どうしたその顔」と、新次郎へいってきた。伊勢蔵も、なにか訊きたそうな顔をしていた。

膏薬一枚で、こんなに驚かれるとは思わなかった。新次郎は、ため息を吐く。

おりんが居住まいを正して、声を張った。

「伊勢蔵さん、心張《しんば》り棒《ぼう》はかいてくれた？」

伊勢蔵が頷く。

「まだ小吉が戻らないけど、始めよう。決まったことはあたしから伝えておくから。じゃ、新さん。諸国名産番付についてだけど、少しありふれたふうだと思うのよ。さっきも話したけれど、食べ物だけにするのか、日用品を入れるかによっても変わってくるかしらね」

「それは、種取りが大変じゃないかなぁ」

美々が考え込む。宝木がぼそりと呟いた。

「渋いかもしれぬが、刀剣番付などはどうだろうな」

「刀剣番付！　あら、それは面白そうだけど」

おりんが、大きな眼をしばたたいた。

宝木が、うむ、と腕を組む。

「刀は武士の魂などといっていたのも、いまは昔。もう観賞の時代に入っている。どれだけの名刀があるか、ならべるのも面白かろうと」

「なるほど。宝木さんらしいといえばらしいが。武家にとっちゃひどい皮肉だ」

新次郎は、鼻先で笑う。

「けど、宝木さん、名刀なんて番付にするほどあるものなんですかい？」

伊勢蔵が訊ねた。

「越前守助広《えちぜんのかみすけひろ》、井上真改《いのうえしんかい》など、拾えばいくらでも」

「庶民的にはどうですかね。誰もが刀を手に出来るものではありませんからね」

新次郎がいうと、

「宝木さまには申し訳ねえが、やはり、もっと町人向きのものがいいと、あっしは思いますがね」

伊勢蔵がぼそりと呟く。

「なので、諸国名産番付は悪くねえと思いますぜ。江戸には、さまざまなものが入って来ますからね。江戸で人気が出ることで、潤う処も出て来るってわけでさ」

おりんが、へえ、と感心した。

「しかし、小町番付は先を越されましたね」

伊勢蔵が、彫り途中の版木へ眼を移した。すでに、半分は彫り進められていた。

「おかげで、こっちは種取りで歩いた分だけ大損だ」

新次郎がぼやいた。近頃、水茶屋の娘や町娘が、評判になっていた。そこで小町娘の番付を出す事になっていたのだ。ところが、先に出されてしまった。

「版元の美濃屋は版木がすり切れるほど売れたと高笑いしていましたからね」

「美濃屋に会ったのかい？　伊勢蔵さん」

「おれは、渡りの摺り師ですから、版元の話はちょいちょい小耳にはさみますよ。版元は美濃屋、番付屋は辰造だ」

摺師は馬連《ばれん》ひとつで、どこの摺り場にも渡っていくことが出来る。伊勢蔵はそうした渡りの摺師でもあった。

「おれは、女の格付けは好きじゃねえな」

新次郎が呟いた。

「だから、うちではそのあと、孝行番付にしたんじゃないか」

親の面倒を最期まで看取《みと》る。親を湯治《とうじ》に連れて行く、などなどだ。まあ、そこそこ売れた。

「でも辰造は、美濃屋さんが後ろ盾になっているから、心強いよね。万が一のときも、御番所に目こぼし料を払えばすむんだもの」

おりんが新次郎をなだめるようにいった。

もともと番付屋などあってもなくてもいい商売だ。

人は、面白いとか、興味があると思ったことを、他人に教えたくなる。教えた他人が共感し、喜んでくれれば、もっと楽しくなる。おそらく、好奇心の塊《かたまり》で、人に物を教えて楽しんでいた者たちが、いらぬお節介で始めたのが、見立番付だろうと、新次郎は思っている。

しかし、見立番付で、他人を陥《おとしい》れることだって出来る。

新次郎の実家もきっとそのひとつだったのだ。大きな店でも、老舗《しにせ》でもない。細々と商いをしていただけだ。そんな店をなぜ潰す必要があったのか。

新次郎が髪結いを生業《なりわい》としながらも、番付屋を始めたのは、そこにある。

誰が、どんな理由で、実家の薬種屋を陥れたのか。番付屋は、辰造のように版元とぴったりくっついている処もあるにはあるが、ほとんどが、どこの誰がどう出しているのかはわからない。番付屋仲間なんてものも当然ありはしない。新次郎はどこで誰が摺っているのかなど、わからないのだ。それを探るために、新次郎は番付屋となった。実家を潰した奴らを見つけるためだ。

おりんが袖組みをして、息を吐いた。

「ただね、番付は面白みがなきゃ、人の興味は惹かれないよ。それに新次郎さんが一番わかっているはずじゃないのかい？　番付の怖さも、面白さも」

おりんの言葉に、新次郎は一言もなかった。

「でもさ、新次郎さんはさ、なぜ諸国名産番付をやろうと思ったのさ」

足を組んだ美々が、訊ねてきた。伊勢蔵がむすっとした顔をしている。

新次郎は、舛田屋五郎平の話をした。

「干し水菓子って美味しそう」

美々が珍しく娘のような声を出した。

「まあ、その藩は紙や織物もそれなりに作っているらしいが、国許だけで広がっていない。それを江戸で売るために国産会所を設《もう》けるらしい」

あ、と美々が声を上げた。

「他の藩でもさ、国産会所って藩邸に作っているじゃない？　あとは、たとえば江戸店よ」

江戸店とは、諸藩本国に本店を持ちながら、江戸に進出して来たいわば支店にあたるものだ。そこで働く奉公人も、ほとんどが、国許から連れて来た者だ。

「そういうところで種取りしたら、早いと思うのよ。売れ筋のもの、人気の品を奉公人に聞き出すの」

「なるほど、それはてっとり早いな」

新次郎も頷く。

「でしょ、それなら、あまり怪《あや》しまれないし、ね」

「じゃあ、美々ちゃん、久しぶりに娘姿で種取りして来てちょうだいな」

おりんがいうと、えっとあからさまに嫌な顔をした。

「だって、もう小袖なんか着て歩けやしないわよ。大股のがに股だもの」

「いいから、やれよ」

兄の伊勢蔵が低い声でいった。

「なら、あたしひとりは嫌よ。新次郎さんと一緒に行く。どうせなら、新次郎さんが女の恰好をしてみたら？　優男なんだしさ。化粧も似合いそう」

「馬鹿馬鹿しい。歌舞伎《かぶき》役者じゃあるめえし、女の恰好なんざしたくはねえよ。

けだしからすね毛を覗かせるのも嫌なこった」

結局、皆、わがままじゃない、と美々が膨《ふく》れた。

ぱんぱん、とおりんが手を打った。

「話がつかなきゃ、此度《こたび》の番付はなしにするしかないわね。小町番付を出した辰造と美濃屋が儲けたのは悔しいけどさ」

「対抗するなら、役者番付くらいじゃねえと、無理だな」

「役者は、十月の顔見世狂言のすぐ後に出さないと。まだ少し先ね」

おりんの言葉に美々が考え込んだ。が、急に顔を上げて、新次郎をしげしげと眺める。

「なんだよ、膏薬以外に何かついてるのか？」

新次郎は不機嫌に頰を撫でた。

「違うよ。役者で思い出したんだけど、新次郎さんってさ、誰かに似てるのよね」

んーっと、美々が首を捻《ひね》った。

「もう、しち面倒臭え。やはり諸国名産番付で行こう。美々とおれ、あと小吉で種取りをしてくる」

「え？　女姿になるの？」

新次郎は美々を睨む。なんだつまんない、と美々が声を上げたときだ。階下で物音がした。しっと新次郎は口許に指を当てる。

おりんがすっと立ち上がり、「小吉？」と声を掛けた。

返事がない。宝木が大刀を摑《つか》んだが、新次郎はそれを制した。

「すいやせん、店、まだですか」

若い男の声がして、再び障子戸を叩いた。

「夕方過ぎからなので、なんの準備もしていませんよ。支度中の札ありませんでしたか？」

おりんが階下に向かって大声でいう。

「見あたらなかったもので」

だとしても、縄のれんも看板も下がっていないのだ。店が開いているかどうか、童《わらし》でもわかる。新次郎と宝木は顔を見合わせた。

おりんが不安げな顔をする。美々も伊勢蔵も口を噤《つぐ》む。

「心張り棒はかいてあるけど、その気になれば障子戸なんて簡単に破られちゃうわよね」

美々が小声でいう。

眉を険しく寄せる宝木と新次郎は顔を見合わせた。

新次郎は、常に帯に差している笄《こうがい》を引き抜いた。笄の両端には象牙《ぞうげ》の飾りが付いている。これを引き抜くと、小さな剃刀《かみそり》がついていた。時おり、女子のうなじのうぶ毛を剃《そ》ることもあるが、じつは護身用に差している。

だが、これまで人を傷つけるような真似《まね》をしたことはない。

おりんが、梯子《はしご》段を下りて行こうとした。それを宝木が止める。

「ここで宝木さんが出て行ったら、もっとややこしいことになりそう」

と、おりんが眉をひそめた。

「ここの居候としておけばいい」

そういいつつも、宝木の気が張り詰めているのを新次郎は感じていた。宝木は実の名を明かすことが出来ない。今の名も、育ての親がつけたものだ。どうも、今日の宝木にはいつもの鷹揚《おうよう》さがない。新次郎の眼が宝木の左の袂へ止まった。

そのとき、

「ひと言礼がいいたくて来たんですよ」

外からの声に、皆が、眼をしばたたく。

「礼ってなによ、どういうことなの？」

美々が訝《いぶか》しむ。

新次郎が、まさか、と腰を上げた。おりんが不安げな顔をして新次郎を見上げる。

「どうしたのさ、思い当たることでもあるの」

「ともかく、階下に下りてみる。もし、おれの思っている男だったら」

困ったものだな、と新次郎は、笄を帯に戻し、梯子段に足を掛けて、皆を見回した。

三

階下に下りた新次郎は、障子戸に映る影を見た。

「どなたさんでございますか？」

新次郎は、穏やかに問い掛ける。

「こちらの見間違いでしたら申し訳ござんせん。先ほど、髪結いのお方に梅屋さんの前で助けていただいた、小間物売りでございます。じつはその方が、この店に入って行くところをたまたまお見かけいたしやして、もしお会い出来るならと」

　やはりあいつか、と新次郎は男たちにぼろ雑巾《ぞうきん》にされた若い男の顔を思い出した。心張り棒をはずし、障子戸を開ける。

「どうしたい？　礼なんぞいわれるほどのことはしてねえが」

「いえ、多分、そちらさんがいなかったら、あの役人に番屋へ連れて行かれていたでしょう」

「おれがいたからじゃねえよ。あの人はもともとああいうお方だ。出来るだけ騒ぎは起こさねえ、騒ぎが起きても、なあなあですませるのが得意なんだよ」

　そうですか、と小間物売りは片方だけ口角《こうかく》を上げ、新次郎を窺《うかが》うように見た。

「名は、なんといいなさる？」

「小間物屋の理吉《りきち》と申します」

　騒ぎのときにはわからなかったが、まだ二十歳になるかならないかぐらいの歳《とし》だろう。

「おれは、廻り髪結いの新次郎だ。ところで、怪我《けが》はしなかったのか？」

「へえ、あとから見たら、あっちこっち青あざだらけでしたが、幸い傷にはなっておりませんで」

「しかし、たまたまといいなさったが、よく、おれのことに気付いたもんだ」

いやあ、と理吉が盆《ぼん》の窪《くぼ》に手を当てる。

「このあたりにお得意さんがいるもので。その家から出たとき、兄さんが、この店に入ったのを見掛けたってわけですよ。鬢盥と、その膏薬でもわかりました」

新次郎は、思わず頰《ほお》に手を当て、笑う。頰が痛んだ。

「まともに食らっちまって、まだ痛え」

「すいやせん。おれのせいで」

「まあ、いいさ。悪いな。一杯やりたいところだが、この店は、朝と夕だけでね。おれはここの知り合いなんで、次の客のところへ行く前に、休ませてもらっているところなのさ」

新次郎は理吉へいいながら、背後の視線に気を配る。宝木が店の壁にぴたりと身を寄せて、理吉を窺っている。

「そうですか。残念です。では、今度は店が開いているときに伺わせていただきます。明日、お暇《ひま》はございませんか?」

「そうだな、なら明後日《あさって》はどうだい? 夕の七ツ（午後四時頃）なら、構わねえよ。けど、礼と詫《わ》びならもう済んだ。なにかの縁として酒を酌《く》み交わすなら付き合う」

「ありがとうございます。それでは、明後日、また伺います」

理吉は、丁寧に頭を下げると、まだ身体が痛むのか、少しぎくしゃくしながら身を返した。

「この頰の膏薬はあいつのせいですよ」

理吉が両国橋に差し掛かる手前で、新次郎はその後ろ姿を眼で追いながらぼそりといった。

「ほう」

宝木が壁に背をあずけたまま感嘆した。

「あの男に殴られたのか？」

「違いますよ」

新次郎は梅屋での一件をざっと話した。

「梅屋に世話になっていた男のようです。番付で大関になった化粧品屋ですよ」

「主人が首を縊《くく》った店だろう？　番付になにかあったのではないかと、新次郎どのは思うているのか？」

「それはわかりません」

わからないが、梅屋が追い込まれたときと、新次郎の実家が罪に問われたときと、やり口が似ていることは感じていた。

番付で大関と格付けすれば、人がたちまち押し寄せ、繁盛する。

「梅屋が大関になったときの番付は、まだどこかに残っていますかね」

宝木が、さてなぁ、と応える。

「番付など、興味の惹かれるものを見てしまえばそれで仕舞《しま》いだ。よほどの変わり者か好事家《こうずか》ならべつだが、後生大事に持っている者などそうそういまい」

「たしかにその通りですね……いや、ひとりいるな」

新次郎は、障子戸を閉め、宝木へ向けて、にっと笑った。

「あの昼行灯《あんどん》ですよ」

「おお、佐竹六左エ門どのか」

佐竹には、収集癖がある。すでに捕えた悪党の人相書きや、瓦版、たぶん番付も集めていると、なにかのおりに耳にしたことがあった。

新次郎たちが番付屋であることは気づいていないようだが、新次郎たちの作った番付を、この店で、ふんふん感心しながら眼にしていたことがあった。

そのとき、少しばかり肝《きも》が冷えたが、何食わぬ顔で新次郎が訊《たず》ねたのだ。すると佐竹は、直接、事件や事故にかかわらないものでも、瓦版や番付はそのときの世の中を映している鏡だ、そうしたものは、後々役に立つこともあるかもしれないと、もっともらしくいっていた。

が、独り身の佐竹が『根津美』に足繁《しげ》く通って来るのは、女将のおりん会いたさに相違ない。

「もう三日、顔を出さねえんで、今日あたりは来るような気がしますよ。おれがぶん殴られたことがありましたからね。様子伺いだなんて言い訳しながら」

新次郎はくくっと含み笑いをもらした。

「しかし、先ほどの理吉という小間物屋、近くに得意先があるといっていたが、まことかな」

宝木が顎を撫《な》でながら、眼を細めた。

「ところで、宝木さん。なにかございましたか？」

「なにゆえだ」

宝木が新次郎を見る。新次郎は、左の袂を指差した。ほんのわずか、一寸《すん》（約三センチ）ほど裂《さ》けていた。宝木は左の袂を上げて、ああと顔を歪めた。

「いきなり路地から出て来たふたり組に斬《き》りつけられた。長屋を出てすぐの寺の境内《けいだい》だ」

「まだ明るいうちにですか？」

うむ、と宝木は頷き、重い口を開く。

笠《かさ》を被《かぶ》った者がふたり、前から歩いてきた。ひとりが紺《こん》地の袴《はかま》、ひとりが黒袴だった。すれ違いざま黒袴が鯉口《こいぐち》を切り、体を入れ替え横薙《よこな》ぎに払ってきた。刹《せつ》那《な》、宝木は切っ先を避け、大刀を抜き合わせた。鈍い音が響いて、互いに飛び退《の》いたが、もうひとりの紺袴が上段から刃《やいば》を振り下ろしてきた。宝木は一瞬、身体が開いた。そこを見逃さず最初の男が素早く駆け寄ってきて下段から掬《すく》い上げてきた。「速い」と宝木が思ったとき、刃の先が袂に触れた。黒袴のほうが腕は上だ。宝木は刀を左手に持ち替え、柄頭《つかがしら》に右手を添え、腰を落とした。刀先を真っ直ぐに相手に向けた。ふたりの動きが止まる。戸惑ったのだろう。三人は微動だにせず睨めつけ合う。不意に黒袴が刀を納めた。ふと笑みを浮かべたように見えた。「行くぞ」と、紺袴に声を掛け、背を向けた。

「まさか……」

「そのまさかだ。おれのことがばれちまったのかもしれぬな」

「ここも知れているとなると面倒ですが」

新次郎が舌打ちする。

「いや、まずはいま居る長屋をたたんで越すつもりだ」

「早いほうがいいですね。安田《やすだ》さまにはご相談をなさったのですか？」

「いや、今日の今日だ。まだなにも報《しら》せてはいない。よしんば報せたところで、相手は尻尾《しっぽ》を出すことはなかろうが」

「お武家ってのも厄介《やっかい》な商売ですが、やはり念のために安田さまにお伝えしたほうが」

「たしかにそうだな。とうとう出て来たかというか、これまでなにもなかったのが不思議なくらいだ。よほど、不都合なことが起きたのだろう」

宝木が顔を曇《くも》らせた。

「まさかとは思いますが、やはりお身体のお具合がよろしくねえんですかね」

うむ、と宝木が頷いた。

「兄上はもともと身体が丈夫なほうではないからな。万が一のことがあれば、動き出すのは、あの辺りだな。武家も妙なしがらみがあると碌《ろく》なことがない」

宝木は顔を歪めた。

「それで、ここに来たとき、顔が険しかったのですか？」

宝木は、まあそんなところだとうそぶいた。

「ふたりのうちひとりが、なかなかの遣い手だった。冷や汗をかいた」

「宝木さんがですか……」

「ねえ、もう済んだ？」

美々が階段の上からひょこっと顔を覗かせた。

ああ、と新次郎は上に向かって応えると、宝木とともに、再び二階へと上がる。

新次郎は、訪ねて来た理吉のことを皆に告げた。

寡黙《かもく》な伊勢蔵が、ぼそりといった。

「礼をいいに来たっていうのは、律儀といえば律儀だが、新さんがここに入ったのを見たというなら、おれたちが入るところも見かけたはずだ」

夕まで開かない店に、人が次々入るのは奇妙に映るんじゃないか、と伊勢蔵は眉間に皺を寄せる。

「そうよねえ。新さんを見かけたのなら、すぐに来てもいいはずだわね」

おりんも首を傾げた。

「まあ、梅屋の前であの理吉って男に会ったのは偶然だ。何かを探りに来ようと、別になにかがこっちにあるわけじゃねえ」

新次郎は、さらりと応える。

「でもさ、梅屋の一件で、もしも番付屋を恨んでいるとしたら、あたしたちのことが知れたら、疑うのじゃないかしら？」

美々の言葉に、おりんがぴくんと目尻を動かし、さりげなく新次郎を窺ってきた。新次郎の実家が番付がらみで潰れたことを、おりんは知っている。

新次郎は、軽く笑みを浮かべた。

「それならそれで、なんとかいってくるだろうさ。恨まれるのはご免《めん》だが、おれたちが摺ったものじゃねえんだ。だいたい、番付を売り出した本人が梅屋の前でうろうろしてるはずもねえさ」

それもそうね、と美々は軽く息を吐くと、

「おりんさん、あたし、お腹空《す》いたな」

そういって自分の腹に手を当て、おりんにすり寄った。

「まったく、色気より食い気か」

伊勢蔵が呆《あき》れたようにいった。

「いいじゃないの。若い子はお腹がすぐ減るものなのよ。湯漬けくらいしかすぐには出来ないけど、いい？」

「おりんさんの漬けた梅干しをつけてくれたら、それで充分！」

「はいはい」

美々の嬉《うれ》しそうな顔に、おりんは笑って腰を上げた。

そのとき、再び階下で音がした。勝手口の方だ。

「今度は間違いなく小吉ね。美々ちゃん、お魚も付けられそうよ」

おりんが、階段を下りて行った。

二日後。小間物屋の理吉と約束を交わした日だ。新次郎が、根津美の縄のれんをくぐると、おさえが、「おいでなさいませ」と、元気な声を上げた。

新次郎だとわかると、「いつものでいいわよね」と、他の客の応対をしながら、いった。

「いや、今日は待ち合わせだよ」

「へえ、珍しい」

おさえは、盆に載せた銚子を板場へと運んで行く。

　新次郎が、小さな店を見回すと、すでに、小上がりに理吉の姿があった。肴《さかな》を二鉢《はち》並べ、酒を呑んでいる。

　新次郎は、板場に入っていたおりんに目配《めくば》せをした。それに気づいたおりんが、首を伸ばして、心得顔《こころえ》をする。

「待たせてしまったかな」

　新次郎が声を掛けると、猪口を口に寄せようとした理吉が視線を上げた。

「少し前に来たばかりです。こちらこそ、お忙しいところ申し訳ございません」

「たいして忙しくはないさ」

　新次郎は、理吉の荷がないことに気づいた。

「今日の商いはお休みですかい？」

「いや、今日は八ツ（午後二時頃）まで回って、仕舞いにしてきました」

「ここへ来るためだったとしたら、悪いことをしたな」

「そんなことはありませんよ、お会い出来るのを楽しみにして参りましたから」

　新次郎が小上がりに上がって、まず手にしていた鬢盥を奥に置いてから腰を下ろした。

「新次郎さん、お仕事は？」

「ああ、今日は常連一軒と、他に二軒回ってきた。おさえちゃん、猪口をくれ」

「はぁーい、ただいま」

おさえは、くるくると良く働く。あっちの客に焼き魚を運び、帰った客の器《うつわ》を片付け、あっという間に、新次郎の前に猪口と銚子を置いていった。

「気が利くじゃねえか」

「いつもじゃないの」

「ちぇ、背負《しょ》ってやがるな。肴も見繕《みつくろ》ってくれ」

新次郎は、銚子を取ると、理吉の猪口へ酒を注いだ。

「こいつはどうも、恐れ入りやす。お疲れのところ、すいやせん」

理吉が慌《あわ》てて、猪口を手にした。

「どうってことねえよ。仕事しておまんま食っているんだ。疲れたなんていっちゃいられねえ。で、詫びはもうしてもらった。これも何かの縁だと誘ったのは、おれのほうだ」

「けど、都鳥を呑ませる店も珍しいですね。皆、頼むのであっしもそうしたんですが」

「江戸の酒は、皆、不味《まず》いというが、口にすると不思議と味わい深い」

新次郎は頰を撫でる。まだ膏薬が貼ってある。かなり腫れは引いたが、それでも痛みは残っていた。

銚子を取り、猪口に酒を注いでいた新次郎に、理吉がいきなりいった。

「訊《き》きてえことがあります。あんたたちは、一体、ここでなにをなさっているので？」

新次郎は、はっと息を吐き出した。

「どういう詮議のつもりだい？　おれはここの常連だが。それがどうかしたってのか」

「いや、店が開いていないにもかかわらず、中年男や若い男と女、それと武士がひとり入った」

ちっと新次郎は心の内で舌打ちする。伊勢蔵がいった通りだ。こいつはどこからか、この店を見張っていたのだ。

「それで、どう思った」

「それは、こっちが訊きてえんですよ、新次郎さん」

理吉が探るような目付きをする。

「皆、常連だ。武士は浪人者で、看板書きやら、筆耕やらをやって、飯の種にしている。皆、それぞれ生業をもっているよ。おれも含めてな」

この店は、結構評判がいい。料理屋で修行を終えた女将の弟が戻ってから、食い物が増えたせいもある。飯時になると混雑するため、女将が早目に飯を食わせてくれている。

「はい、新次郎さん、それだけのことだ、と新次郎はいった。

おさえが小鉢を運んできた。

「おう、もうこの時季か、ありがたいねえ。あと焼き魚ももらおうか。飯も頼む」

「お連れさんはいかがしますか?」

「じゃあ、おれも菜の花を」

「ありがとうございます」

「なかなか、商い上手なんだよ、あの娘。自分じゃ看板娘だといってるが」

理吉は笑みを浮かべることはなかった。代わりに口許を歪めて、酒を呑む。

「ま、あんたが何を考えているか知らねえが、ここはおれたち常連が集まるだけの店だ」

違う、と理吉が呟いた。

「違わねえさ。ま、それより、おれが訊きたいのは梅屋のことだ。あんたと梅屋の間になにがあったのか。ただ、仕入れをしているだけの間柄じゃねえのだろう」

理吉の顔が歪む。

「でなきゃ、石を投げていた婆《ばあ》さんを止めに入ったりはしねえよな。あんとき、おれはおめえを止めに入ったおかげで、別の奴に殴られたんだぜ。まだ痛みが残ってる。もしも詫びが足りねえと思っているなら、話を聞かせてくれ」

理吉は、猪口をあおると、眼を伏せた。

「なら、これはどうだえ？」

新次郎が、痛ててと顔を歪めながら袂から取り出した紙を、理吉の前に広げて見せた。

「こいつは」

利吉の顔から血の気が引いた。

「そうさ。見覚えがあるんじゃねえのかい」

新次郎が、理吉の目の前に広げたのは「当世流行化粧番付《はやりけわい》」だ。

紅、白粉《おしろい》、水白粉、眉墨《まゆずみ》、爪紅《つまべに》、頬紅、髪油、香油、刷毛《はけ》、など江戸で評判の化粧の品がずらりと並んでいる。

相撲番付に似せて作るので、東西に区切られ、中心には勧進元と行司の名が入っている。

勧進元は、式亭三馬《しきていさんば》の店で大人気の江戸の水、行司は、坂本氏《さかもと》の白粉、美艶仙女香《びえんせんじょこう》だ。

理吉の顔が曇る。視線は、東の大関、梅屋の白粉下地純白香《じゅんぱくこう》に注がれていた。

「見立番付は眼にしたことがあると思うが、こうしたものだけじゃねえ。最前、流行《はや》った小町番付、書道家、絵師を並べた書画番付、料理番付というものもある。ありとあらゆるものを格付けすることで、流行りがわかる、店によっては儲けに繋《つな》がる」

理吉が表情を変えず、酒を口に運ぶ。

「この番付が出た後、梅屋の純白香を使った娘たちが、被害にあった。この間、店先で石を投げつけていた婆さんは、孫が身投げをしている」

「知っております。そのことは、梅屋の旦那も驚いておりました」

理吉の顔が沈む。

「ほう？　旦那は身投げした娘のことを知っていたのかい？」

「よく、店に来る常連でしたので。その一報を耳にしたときには、娘さんの弔《とむら》いにも出掛けたそうなのですが、門前払いをくらったそうで」

「あたりめえだろうな。娘の身投げの訳を作った張本人に線香あげられても腹立たしいだけだろうからな」

理吉がむっとした表情で新次郎を睨めつける。

「梅屋が直接手を下したわけじゃねえが、人死にを出したら、店としては仕舞いだ。奉行所のお調べじゃ、漆が混ぜられていたというじゃねえか」

「漆など、入れるはずはねえ！」

理吉がいきなり怒鳴り声を上げた。店の中が一瞬しんと静まりかえる。

「ああ、なんでもねえよ、ちっとばかし酔って声がでかくなっただけだ」

新次郎がいうと、職人とおぼしき男が、「兄さん、程々《ほどほど》にしろよ」と笑った。

理吉は、軽く頭を下げた。

「すいやせん、調子に乗りまして」

まあ、いいってことよ、若いうちはいろいろあらあな、とがはがは笑った。

と、理吉が再び新次郎を鋭い眼で見つめてきた。

「これを出してきたってことは、新次郎さん、あんたもこの番付になにかあると思っているんじゃねえんですか?」

新次郎はふっと笑みを浮かべた。

「考え過ぎだ。ここに一体なにがあると、おめえさんは考えてるんだ?」

「そいつは」

「いえねえか。いえねえならそれでも構わねえ。なら、この話は仕舞いにしよう」

新次郎は佐竹から借り受けた番付を丁寧に折りたたみ、再び懐に戻した。

理吉が俯《うつむ》き、ぼそりといった。

「――おれは、拾われっ子でしてね」

え? 新次郎は理吉を見つめた。

「梅屋の旦那に育てられたんです」

第三章　聞込み

一

翌日、竹屋の裏口に訪《おとな》いをいれると、おていが顔をひきつらせて出てきた。

「新次郎さん、今日は悪いけれど髪結いは結構よ」

「何か、あったんですかい？」

「お嬢さんが、襲われたの」

勘右衛門の娘、お鈴だ。

「そいつは大《て》ぇ変だ。やはり番付に載ったせいじゃねえですかい？」

おていがもじもじとし始める。話したくてしかたがないというふうだ。

「それで、お鈴さんの様子はいかがなんで？」

「なにも話すなっていわれているのよ」

と、いいつつも、ちらちらと首を後ろに回している。

「私は、ここに出入りをしている髪結いですよ。お客さま、特に常連のお方のことは一切口外しません」

うん、それはわかってるわよ、と新次郎の腕をおていはするりと撫《な》でる。

「おていさん、ちょっと買い物に出るといって、近くの茶店に行きませんか?」

えっと、おていが眼を見開く。

「そんなことしちゃ、ばれたら、あたし」

べつに逢《あ》い引きにさそっている訳じゃねえのだが、こういう女はまったく困ったものだと、新次郎はおていに見られないよう苦笑する。

「ね、ほんの少しだけですよ。私もお鈴さんのことが心配ですから」

「ええ、そうよねぇ」

と、おていは躊躇《ちゆうちよ》していたが、

「じゃあ、少しだけよ」

俯《うつむ》きながら、目線を新次郎へ向ける。

「ちょっと行った先に甘味屋がありますから、私はそこで待っております。あとから何か理由をつけて抜け出て来てください」

「甘味屋！」

と、おていが大声を出して慌《あわ》てて口許《くちもと》を押さえた。

甘味屋は、娘たちが入る処《ところ》ではあるが、じつは奥に座敷があり、恋仲の若いふたりには恰好《かっこう》の逢い引き場所になっている。

「いいですね。私が先に行っていれば、竹屋さんにも怪しまれずに済むでしょう？　四半刻《しはんとき》（約三〇分）ほどあとに出てくればいい」

おていの顔つきが変わっている。女はこうと決めると顔つきががらりと変わる。

もっとも、新次郎はおていに手を出す気はさらさらない。お鈴のことが聞き出せれば充分なのだが、はてさて、おていが許してくれるかどうかが怪しい。あの肉付きのいい身体《からだ》で押し倒されたら、果たしてのがれられるかどうか、だ。

新次郎も、ちょっとばかり覚悟を決めて、おていに背を向けた。

新次郎が甘味屋へ入り、「奥空いているかい？」と女将《おかみ》に訊《たず》ねた。

若い娘たちが、ぴーちくぱーちく小鳥の様にかまびすしい。中のひとりが、新次郎を見つめて、隣《となり》に座る娘を肘《ひじ》で小突《こづ》いた。

小突かれたほうの娘が眼を皿のようにして、新次郎を見た。やはり、なんとかという役者に似《に》ているに違いない。ただ、手に鬢盥《びんだらい》を提《さ》げているのを見て、急に冷めた目付きをした。

女将の代わりに年増《としま》女の仲居が来ると、「こちらへ」と奥に案内された。

間口は狭いが、奥は広々としていた。曲がり廊下があって、庭が眺《なが》められるようにもなっている。だが、ここにわざわざ来る者は庭なんぞ眺めちゃいない。自分の眼の前の男なり、女なりに夢中だからだ。

すでに先客がいるのだろう、ちょっとばかり、なまめかしい声も洩《も》れ聞こえてくる。

「お連れさまは、どのようなお方ですか」

ああ、と新次郎は考えた。なにも決めていなかった。せめて、簪《かんざし》や櫛《くし》ぐらい見ておくべきだった。

「そうだなぁ、太《ふと》り肉《じし》の年増だよ。見ればすぐにわかるさ」

仲居が少しだけ笑う。今のは、連れには内緒だぜ、と新次郎は仲居の手に銭を握らせた。

「なにか、お持ちいたしますか。それとも、お連れさまがいらしてから」

「ああ、なら白玉の小豆《あずき》かけをくんな。女のほうはてめえで頼むと思うからよ」

新次郎はそっけなくいって、座敷に入った。六畳の一間だ。甘味屋だけに、隣室はなかった。襖《ふすま》を開けたら、枕がふたつ並んでいたなんてなれば面倒だ。

新次郎は障子を開け放したまま、庭を眺めていた。

松を植え、石を配した枯山水《かれさんすい》を気取ったものだ。薄い緑の葉を茂らせているのは、つつじだ。季節がもう少し行けば、なかなか見事な景観になりそうだ。

白玉が来た。

案内をしてくれた年増だった。

「お客さん、店の中が大騒ぎになっておりますよ。香玉《こうぎょく》にそっくりだって」

ああ、そうか。中村《なかむら》香玉だ。思い出した。大部屋役者から認められた人気の女形《おやま》だ。

「おれぁ、そんなに似てるかえ?」

「ええ、かなり。兄弟じゃないかって勝手をいっている娘さんもおりましたよ」

世の中には、自分と似ている者が三人はいるという話だ。そのひとりが役者というなら、悪い気はしない。しかし、あまり目立つのは、それはそれで裏の仕事に差し障《さわ》りがある。

白玉を二、三個食ったあたりで、おていがやって来た。台所仕事の時とは違い、化粧もしているし、着替えてもいた。

「おいおい、化粧はまだしも着替えてくるのは怪しまれるんじゃねえかい」

太り肉の身体に橙《だいだい》色の小袖が妙に暑苦しい。

「大丈夫よぉ、新さん。台所奉公の小娘によくよくいいふくめておいたからさぁ」

口調まで違う。

おていの甘え声など聞きたくもないが、しかたがない。しかし、ここはきちっといっておかねば勘違いされるばかりだ。おていは、あんみつを頼んで来たという。

「悪いね。こんな処に呼び出して。身持ちの固いおていさんには申し訳ないと思ったんだが、どうしても、お鈴さんのことを聞きたくてね」

ふっとおていの顔色が変わる。新次郎の意図を悟ったのだろう。が、それでも、大年増のおていはどう出て来るかはわからない。

あんみつが運ばれて来ると、おていは新次郎にいった。

「ねえ、庭が見えるのも風流だけど、閉めてもいいかしら、ちょっと風が冷たくて」

「せっかくの庭だ。見えなくしちまうのも寂《さび》しいから、このままでいいだろう」

店の者は、ちょっと困った顔をして廊下に膝をついていた。

「ああ、このままでいいんだ。丹精された庭を眺めたいんでね」

はい、と店の者が返事をする。たぶん、逢い引きのふたり連れではないのだと勘で悟ったに違いない。

「では、ごゆっくり」

と、おていに笑みを浮かべて廊下を歩いて行った。

「なに？　いまの笑顔。癪《しゃく》に触ること」

「気にしなくてもいいやな。で、せっかくふたりきりになれたんだ。教えちゃくれねえか」

「教えてあげなくもないけどさぁ、その代わり、いいだろう？」

おていが流し目をくれてくる。

こういう展開になるのは、わかっていたが、おていのような女は、一度関係を持つと、情婦面をしたがる。噂《うわさ》だと、いま育てている子は亭主の子ではなかったという話で、離縁されたと聞いていた。もちろんただの噂であるのかもしれないが。

おていさん、と新次郎はきちりと膝を揃《そろ》え、居住《いず》まいを正した。

「おれは、竹屋さんの仕事を失いたくはねえ。万が一、おていさんと深い仲になったら、旦那さんが許してくれやしねえだろう。仕事にかこつけて、奉公人に手を出したただらしのねえ男になっちまう」

おていが慌て出す。

「そんなこと、旦那は、怒りはしないよ」

「いや、お優しい方ではあるけれど、筋の通らねえことは嫌うお人だ。おれは、おていさんとこれからも仲良くやっていきてえ。飯もうめえ。あごつきは金子《きんす》で売買される。廻《まわ》り髪結いにとっちゃ、もっともおいしい仕事なんだ。それによ、口さがない者は、新次郎はあごつきの仕事にありつくたびに女に手を出していると噂を立てる奴《やつ》もいなくもねえ。この世界も世知辛《せちがら》いんでね」

おていが眉を寄せる。

「そんなに大変な仕事なんだねぇ。あたし、ちっとも知らなかったよ。ごめんよ、妙な気を起こしちまって。あたしも亭主と別れてから男ひでりでさ」

「いえ、おていさんなら、いい男が見つかりますよ」

おていが、ぐすんと涙ぐむ。

「ありがとう、新さん。これからも仲良くやっていこうね。あたしは一番の味方になるからさ」

「ありがてえ。おていさんならそういってくれると思っていたんだ」

新次郎は膳を脇に除《よ》けて、おていの手を取った。ぷくぷくとした餅《もち》みたいな手だ。

「なんでも、聞いておくれ。だって、竹屋のあごつきがなくなったらことだろう？」

「はい」

「あたしも新さんに会えなくなるのは寂しいからさ」

おていは、新次郎の手を握り返して、少し潤んだ瞳を向けてきた。

おていの話によると、竹屋のお鈴は、針稽古の帰り道は決まって寺の境内を通って近道をする。その行く手を阻《はば》み、いきなりお鈴の顔を目掛けて、刃物を振るって来たというのだ。お鈴は咄嗟《とっさ》にしゃがみ込んだが、額と左腕を傷つけられた。

「丁度、参詣《さんけい》に来ていた夫婦がいてね、人殺しだとわめいたから、逃げて行ったようなの。でも娘の顔に傷をつけるなんて、酷《ひど》すぎるわよ」

「顔に傷？」

おていは、お可哀想《かわいそう》に、と息を吐いた。

「そんなに、酷い傷だったのかい？」

「お医者さまは、深いものじゃなかったのがよかったといっていたけど」

少しは痕《あと》が残るかもしれないということか、と新次郎はお鈴の辛《つら》い気持ちを思う。

「それで、相手は見たのですか？」

「顔は頰被《ほおかぶ》りをしていたからわからなかったらしいんだけど、お嬢さまは、なにか知っているようなんだよね、その男のこと」

おていは得意げにいった。

「ほら、おぼえているかい。お嬢さんに櫛を渡しに来た男がいたって。あたしそいつじゃないかって睨《にら》んでいるの。だって、逃げて行ったのを見ていた夫婦者の話だと、図体《ずうたい》の大きな男だったって」

「そのことをお嬢さんは？」

「旦那さんにもお内儀《ないぎ》さんにもひとこともいわないのよ。自分はしゃがんでしまっていたから逃げて行く姿も見ていなかったって。でもその日から寝込んでしまって、食事も取らずにいるの。ただでさえ、そんな怖《こわ》い目に遭《あ》ったんだもの当然よね。ただ、もらった櫛が石畳《いしだたみ》に落ちて割れてしまったと、涙をこぼされて」

「その櫛は、どうなさったんですか」

おていは、それが不思議なのよと、首を傾《かし》げた。なくなっていたというのだ。

お鈴の針稽古の供についていた奉公人は、お鈴が血を流しながら、半狂乱になって櫛を探してといったというのだ。もし、襲った相手が作った櫛なら、そんなことしやしないでしょう？　とおていがいった。

「さっさと捨てちゃうと思うのよ」

ふうん、と新次郎が腕を組んだ。

「ならば、襲ってきたのは別の人間でしょう」

そうかしらと、おていは納得がいかないようだった。

「ほら、想いが募《つの》ると逆に相手のことが憎くなるでしょう？　あたしはそういう類《たぐい》のものかと思っているのよ。だって、自分の眼の前で、お嬢さんが髪に櫛を挿《さ》したのを見たら、ぽうっとするのも当たり前じゃない。それに、番付の小結になったお嬢さんよ。あこがれるのも当然」

おていはまるで唇に油でも塗ったようにぺらぺらと話し続ける。

新次郎は、おていの話を途中から聞いていなかった。たしかに、自分の想いを遂《と》げたいために、妙な行動に出る輩《やから》はいなくはない。

ちょっとばかり様子は違うが、心中は、この世で想いが遂げられないと、ふたりで手に手を取ってあの世へ行く。ただし、これの場合は片想いだ。

お鈴は相手のことはどうとも想っていない。ただ相手はお鈴に恋い焦《こ》がれている。

つまり無理心中。

「それか、あれね。お嬢さまが小結になったのが悔しくて、誰かが襲わせたとか」

ん？　と新次郎はおていの言葉に反応した。

なくはない。だとしたら、お鈴が割れた櫛を拾い上げるのも不思議はない。しかし、お鈴は小結だ。小町に嫉妬して小面憎《こづらにく》く思って切りつけるなら、大関の娘だろう……。

やはりこれは、お鈴がらみの刃傷沙汰《にんじょうざた》である可能性が高い。お鈴の廻りに、お鈴を憎く思っている者がいるかどうか。

「おていさん、お嬢さんが誰かに恨まれているなんてことは耳にしたことはあるかな」

おていが、首を横に振った。

「新さんだってわかるだろう？　あのお嬢さんが人から恨みを買うことなんて、ありゃしないよ」

「たとえば、針稽古のお仲間もいる。習い事は他にもあるんじゃねえのかい？」

そうねえ、とおていが宙を見上げる。

「琴のお稽古と――ああ」

おていが、身を乗り出した。

「お琴のお師匠さんが、こんどお披露目会をするんだそうだけど、そのお披露目会にお嬢さまが選ばれたって話はあるね」

「それかもしれねえな」

新次郎は、ぐっと眉を引き絞って、

「おていさん、さりげなく探って来てはくれねえか。その琴の稽古に集まる娘たちの噂」

「そうねえ。いいけどさ。なにかお手当をもらわないとね」

「それは」

と、新次郎が口ごもると、おていがくすりと腰をくねらせて笑った。

「なに考えてんのさ。違うわよ。一度、あたしの髪を新次郎さんに結ってほしいのよ」

「そんなことなら、お安いご用だ。綺麗《きれい》に結いあげますよ」

「嬉しいよ。じゃあ、お嬢さんの琴のお仲間を調べてみるから。任《まか》せといて」

おていは、あんみつを食べ始め、美味《おい》しいと口許をほころばせた。

おていが、少しばかり可愛《かわい》く見えた。女というのは、やっぱり怖《こえ》ものだと新次郎は改めて思った。


その夜、宝木と新次郎は『根津美』に向かっていた。

宝木は、本所緑町《ほんじょみどり》から東堀留川《ひがしほりどめ》に近い、堀留町の長屋へ越した。その手伝いをした新次郎は、宝木とそばをたぐってから、両国橋へと歩いていた。

「ずいぶん遅くなっちまいましたね」

「新次郎どのが腹が減ったというからだ。おりんさんの処で食えばよいものを」

「そうなんですけどね、昼に白玉しか食ってなかったもんで、腹が減りすぎちまって」

「しかし、安田が見つけてくれた長屋ではあるが、おりんさんの処までいささか遠くなったのが面倒だな」

「でもさすがに、安田さまはやることが早い」

「小大名とはいえ、一藩の家老ではあるからな」

宝木がさらっといった。

「おれは、安田に命をもらったようなものだからな。その恩義が返せるかどうかはわからぬが、安田に何かあれば、おれは、身命《しんめい》を賭《と》しても守るつもりだ」

新次郎が、ふっと息をつく。

「お武家はすぐそれだ。身命を賭す前に、なんとかしようって考えねえんですかい？　いちいち命を賭けていたら、いくつあっても足りやしませんぜ」

それに、いまの宝木さんは筆耕なんですから、いなくなったらおれたちが困る、と新次郎が冗談めかして言う。

「なるほど、おれもどこかで人の役には立っているということか」

「あたりまえじゃねえですか。役立たずの人間なんか世の中にはおりませんよ。

もっとも、それがいい役回りか、悪い役回りかは、わかりませんがね」

「皮肉だな」

「ところで、先日現れた、理吉って男なんですがね」

「ああ、梅屋と関わりがあるかもしれぬという奴か」

「梅屋の主人に拾われてたそうですよ。首を縊《くく》った主人が、我が子同然とはいかないまでも、大切に育ててくれたそうです。で、自分は廻りの小間物屋として独り立ちして、化粧品は全て、梅屋から仕入れていたということでした」

「そいつは、確かになぁ。悔しい思いでいっぱいだろう。ちょっと待てよ、化粧の品は梅屋から仕入れていたといったな」

新次郎はにっと笑った。

「そうです。もし、漆《うるし》入りだったとしたら、理吉の売っていた物からも出て来たはずです。しかし、それは一切なかったといっていた」

「だとすれば、漆入りの化粧水は、お店者《たなもの》の誰かが売っていたのかもしれぬと」

「理吉もそう言っておりました。番付で大関の店となり、大繁盛し、新しい奉公人も雇っています。その中に、梅屋を潰そうと思っていた者がいたかもしれません」

新次郎は、そう語りながら、胸が軋《きし》んだ。自分の家と同じやり方だ。一体、どこの番付屋がやりやがったのか。

「理吉は、化粧番付を出した番付屋を探しているようです。番付を売り捌《さば》いている奴に、訊《たず》ねたらしいんですが、まことのことはいうものじゃねえ」

「そうだな」

「どうでしょうね。理吉を仲間に引き入れるってのは」

「あの男をか？　復讐《ふくしゅう》に凝り固まっているのだろう？　そういう男は危険ではないか」

「それでいったら、おれもたいして変わりありませんがね」

新次郎は、宝木に向けて、口の端《は》を上げた。

「そうか、悪かったな」

細かく話してはいないが、宝木も新次郎の過去を知っている。

「理吉は――」と、歩みを進めながら口を開いた。

母親も父親も幼い頃に亡くし、祖父に育てられたのだといった。

「おれはまだ五つぐらいだったでしょうか。けど、爺《じい》さんが幾つだったのかも知りませんでした。白髪頭で痩せ細って、どこか病でも持ってたんじゃねえかと思います。ときおり寝ているとき腹を押さえて唸《うな》っておりましたから。そんなんで、爺さんは仕事も出来ねえんで、店賃も滞《とどこお》り長屋も追い出されました」

そのあとは、橋の下や、神社や寺の軒下が寝場所だった。

「長屋を出たとき、町の人別《にんべつ》もなくなりましてね、すっかり無宿者《むしゆくもの》ですよ」

理吉は笑った。暮らしの銭はほとんどが物乞いだったらしい。拾った鉢《はち》を持ち、各戸を廻り、料理屋で残飯をもらい飢えを凌《しの》いだ。

「年が明けて、おれが六つになったときでした。向島《むこうじま》の土手で、子どもらが揚げる正月の凧《たこ》を見ていたとき、物欲しそうだったおれが気味悪かったんでしょうね。子どものひとりが、おれに近づいてきたんですよ。そんなに凧揚げがしてえなら、くれてやると。おれは小躍《こおど》りして、糸を持ちました。凧がぐんぐん上がっていくのが楽しくて、爺さんにも見てほしいと思ったんですよ」

そのとき、凧をくれた子どもが親を連れてやって来て、盗《と》られたといったのだ。理吉は違うといったが、子どもは泣き真似《まね》をして親をせっついた。理吉は耳を引っ張られ、番屋に連れて行かれた。

祖父はすぐに迎えに来ると、米つきばったのように、番屋の三和土《たたき》に這《は》いつくばった。

理吉はもらったといい張ったが、祖父も謝れと怒鳴った。子どもだからと解き放ちになったが、番屋の者たちから、無宿者は人足寄せ場入りだと脅された。盗《ぬす》みじめすぎた。なんでこんな目に遭うのだと思った。盗ってもいないのに、盗人扱《つと》いされた。大人が、というより祖父が信じてくれないことが悔しくてたまらなかった。

「おれは、正月くれえ餅が食いたいと我《わ》が儘《まま》をいったんでさ。そんな銭、あるはずもねえのがわかっていて、爺さんに無理をいったんだ。爺さんは三日ほど仕事を口入れ屋でもらって餅を買ってくれましたよ。けど、その夜の事でした。無理がたたったんでしょう。血を吐いて倒れました」

初春といってもまだ冬の寒さは残っている。夜になれば、手がかじかんだ。理吉は翌朝、神主に助けを求めた。だが、軒下を貸しているだけでもいいだろうと、突っぱねられ、筵《むしろ》だけを余分に貸してくれた。神社に参詣に訪れる者たちも、理吉がどんなに助けを求めようと、汚いものを見るような目付きをして避けて行き、晴れ着に触るなとばかりに手を振り払われた。

「もういいから、傍《そば》にいてくれ」という祖父の言葉の通り、理吉は膝を抱え、祖父の傍から離れなかった。

「おめえが簓を盗ってねえのは、わかってたよ。そんな子じゃねえものな」

祖父が小声でいった。

「ならどうして、謝ったりしたんだよ」

「人はな、まず着るモンや見た目で相手をはかりに掛ける。それでいったら、おれたちは、ぼろぼろの恰好の上に人別もねえ。おれが寄せ場送りになったら、おめえはひとりぼっちになっちまう。そんなことは出来ねえよ」

「でもよ、寄せ場だったら飯も食えるし、仕事も与えてもらえるんだろう?」

祖父は首を横に振った。

「おれみたいな爺《じじい》じゃ、なんの役にも立たねえよぉ」

理吉は寒さと哀しみが交ざり合い、しゃくり上げ始めた。

「泣くんじゃねえよ、泣くんじゃねえ」

祖父の手が伸びて、理吉の頭を撫でた。

「おいらが、餅なんか食いたいっていったから。ごめんよ、ごめんよ」

「いいんだよ。おめえの笑顔が見られて嬉しかった。美味《うま》かったよなぁ」

うんうん、と理吉は幾度も頷《うなず》いた。やがて、祖父の手が理吉の頭から滑《すべ》り落ちた。

「おれは、三日、亡骸《なきがら》の隣に眠りました。冷えた身体を温めてあげたいとね。ガキは馬鹿ですよ。温かくなりゃ生き返るって思ってました。たまたまそこを通り掛かったのが、梅屋さんでした。梅屋さんは、爺さんを見て声を上げました。爺さんは、昔、梅屋さんの蔵を建てたのだそうです。病で仕事をやめたと聞いていたようで」

と、残念そうにいったという。それから、梅屋は理吉の祖父の弔《とむら》いを出し、理吉を引き取ったのだと話した。

宝木は、なるほど、と頷いた。

「大恩のある梅屋さんを死に追い込んだ者に恨みを持つのも当然だな」

それも番付がらみとすれば、なおさら憎しみは募《つの》る。

「とはいえ、そうしたことに凝り固まっていればいるほど、ひとりで勝手なことをしかねない。仲間に加えるのは、もう少し考えたほうがよいのではないか?」

宝木のいう通りかもしれない。新次郎は、軽く息を吐いた。

「ほっとけないであろう、新次郎どのは。理吉の悔しさ、辛さが己と重なるからな」

そうかもしれません、と新次郎は応えた。

「それと小間物屋はどこに入り込んでもあやしまれない商いです。種取りには都合がいい」

「それもそうだな、おれのような者があちこち探り歩けば警戒される」

宝木が笑う。

通りを抜け、両国広小路に出る直前の路地だった。広小路は、火災の多い江戸の延焼を防ぐために作られた火除《ひよ》け地でもある。ただし、昼間は、撤去が可能な床店《とこみせ》や、芝居小屋を出すことが許可されており、繁華な場所になっている。だが、そこも夜になると、人がめっきり減る。

だが、不思議なことに広小路の手前の路地にそば屋の暗い行灯《あんどん》がぼうと光っていた。頬被りをした職人ふうの客がふたり、そばをたぐっている。手元から湯気が上がり、そばを啜《すす》り上げる音が聞こえる。

ふいに風が吹いた。そばを食っていたふたりの手が止まる。

瞬間、新次郎はぞくりとした寒気を感じた。禍々《まがまが》しい気配だ。

「新次郎どの」

宝木が小声で呼び掛けてきた。同じ気配を感じたようだ。

新次郎は、帯に挿してある笄《こうがい》を引き抜いた。宝木は、鍔《つば》に指を掛ける。

そば屋の客がいきなり丼《どんぶり》を投げつけてきた。

汁とそばが辺りに飛び散る。それと同時にふたりの客が屋台の陰に隠してあった大刀をひっつかみ、刀を抜いた。丼をかわしたが、新次郎の足先に飛沫《しぶき》がかかった。「汚ねえな」と新次郎がぼやく。

そば屋の親爺《おやじ》も、同様に大刀を手挟《たばさ》んでいた。

「何者か、とただして答える間抜けもおらんだろうが」

宝木が鯉口《こいぐち》を切る。突進してきたふたりは、上段から、宝木に向けて振り下ろした。

「ふん」

左側の男の初太刀をかわし、宝木は右側の男の剣を霞《かすみ》構えで受ける。

きん、と金属音がしたと同時に、宝木はぐっと力を込め、相手の刀を撥《は》ね飛ばした。素早く刃《やいば》を峰《みね》に返し、宝木は柄《つか》をしかと摑むと、相手の右胴へ打ち込んだ。

「む、ぐっ」

と、男はその早さに何が起きたのかわからぬまま、白目を剝《む》いて、そのまま突っ伏した。すると、左の男が陰《かげ》の構えから、小手挙《こてあ》げに刀を振るってきた。宝木は、身体をくるりと半回転させると、大刀を宙に投げる。

「おう!」と、男がそれを見て狼狽《ろうばい》する。

大刀が弧を描く。男は、何が起きたのか、眼を白黒させた。

宝木は、落ちてきた大刀を右手ではなく左手で摑みにいく。そのまま左手で柄を握り、半身《はんみ》で突きを放った。

小手挙げをかわされた男の腹はがらあきだった。宝木の振る舞いに呆気《あっけ》にとられていたのもある。男が気付いた時には、宝木の向けた切《き》っ先《さき》が、すんでのところで止まっていた。

「うわああ」

頰被りで表情は見えないが、叫んだ声は明らかに恐怖のものだ。男はそのまま、尻餅をついた。宝木は、男の鼻先に切っ先を向け、声を上げた。

「新次郎どの、大事ないか」

新次郎は、そば屋の親爺と対峙《たいじ》していた。

親爺が宝木の声に一瞬気を取られた。その瞬間、新次郎は、親爺の背後に回り込み、笄に仕込んである剃刀《かみそり》を喉首《のど》に当てた。

「そうなのか？」
「て、寺だ。慈照寺《じしょうじ》という破れ寺の賭場《とば》で、いきなり話を持ち掛けられたのだ」
親爺に扮《ふん》していた武士が声をうわずらせた。
と、剃刀をわずかに引いた。つっと一筋鮮血が流れる。ま、待て、とそば屋の
なくなる」
か、よおく知っているんでね。下手に動くと困ることになるぜ。本当に口が利け
「おれは、髪結いでね。髭《ひげ》もあたるんだ。どこで剃刀を引けば、血が噴き出す
る。少しでも動けば、新次郎が手を下さずとも、切れる。
そば屋は、首を振ろうとしたが、新次郎の剃刀は確実に首元の血の管の上にあ
「じゃあ、頼み主を教えてくれねえか？　そうしたら放してやる」
ていたということか。声からして、親爺というほどの歳《とし》ではなさそうだ。
親爺のことば遣いは、武士のものだ。わざわざそば屋の親爺に化けて待ち伏せ
「は、放してくれ。おれたちはなにも知らぬ。ただ、頼まれただけだ」
「そば屋にしては、殺《や》る気が洩れすぎなんだよ」
親爺が呻《うめ》いた。
「むう」

宝木は尻餅をついたままの男に問うた。

「その通りだ。五両出してきて、これで、浪人者を始末してくれと。首尾よくいけば、あと五両といわれたのだ。頼む、逃がしてくれ。もう二度とこんな真似はしない」

「二度も三度もされては困るが」

「頼み料はしめて十両、ですか。随分、安く見られましたね」

宝木は、新次郎の言葉にきりりとした眉をしかめた。

「金子の多寡《たか》ではない。命を狙われる者の気持ちになってみろ」

「こいつは、失礼いたしました」

新次郎がおどけていうと、そば屋を演じていた男が怒鳴った。

「お主ら、ふざけるのも大概にしろ。もう、手出しはせぬといっておるのだ」

「ずいぶんと居丈高《いたけだか》な物言いだ。どういう立場にいるかわかっているのですか？ 半金の五両は懐《ふところ》に入れてしまったんですよね。ということは、下手すりゃおまえらも狙われることになるかもな」

「うむ」

と、男が悔しげな声を出す。

「その五両を持って、依頼してきたのはどんな奴でしたか？」

尻餅をついていた男が、声を震わせながらいった。

「おれたちが賭場にいるとき、背後から金を渡してきた。顔も姿も見ておらん」

「はあ、五両の金しか見ていなかったってことか」

新次郎は呆れた。しかし、その慈照寺という破れ寺に行けば、誰かが姿を見ているかもしれない。いや、ああした賭場では、皆、盆に夢中か、とも思った。

「その慈照寺は、どこにある？」

「か、亀戸《かめいど》村、だ」

「集まる顔ぶれはいつも同じか？」

「ああ、あのあたりの下屋敷の中間《ちゆうげん》とか、そんな感じだ」

ふうん、と新次郎は尻餅をついた男に眼をくれる。宝木は、ピタリと切っ先を男に向けたままだ。

「慈照寺にはもう行かぬことだな。しくじったと知れれば、次はお主らが殺られるぞ。五両で我慢をしておけ」

「わ、わかった。このまま逃がしてくれるのか？」

「お前らを縛り上げ、殺されそうになったと番屋へ駆《か》け込めば、さらに面倒なことになる。そうした厄介ごとは好かぬのでな」

宝木が重々しくいうと、ひいと尻込みをしながら、昏倒《こんとう》している仲間に近寄り、揺り起こす。

「なあ、この担ぎ屋台もどこからか拝借してきたのだろう？　きっと困っているぞ、ちゃんと返しに行ってやれよ」

「ああ、も、もちろんだ」

新次郎は、そば屋の男から、剃刀を引いた。

「さっさと行け」と、宝木はいったが、すぐさまちょっと待てと三人を引き止めた。

振り向いた三人の顔に怯《おび》えが走る。ひとりが自棄《やけ》になって、喚《わめ》きながら再び刀を抜き払った。宝木は軽々とその刃を撥ね上げる。大刀が弧を描いて、飛んで行く。ああ、と痺《しび》れる手を男は見ながら、膝をついた。

「汚《きたね》え銭で食う飯はまずかろうぜ。ましてや人を殺《あや》めるなんて了見は捨てることだな」

そこに直れ、と宝木は低い声でいうと、抜き手も見せずに、三人の髷《まげ》を飛ばした。頭に巻いていた手拭いも切られ、ひらひらと地面に落ちる。

「うひゃぁあああ」

三人は、頭を抱えた。

「それでしばらくは表に出られまい。静かにしておるのだな」

相手が悪かったとばかりに三人は一目散に逃げ出した。

鞘《さや》に刀を納めた宝木が新次郎を振り返った。

「巻き込んで、すまぬな、新次郎どの」

「それで、どうするんです、あの髷」

手拭いと、三本の髷が地面に落ちている。

「新次郎どのは髪結いだろう？　髪の薄い者の付け髷に使えばいい」

「やめてくださいよ。あんなやつらの髷なんか、使いたくもねえ」

新次郎は、男たちの髷を足先で踏みにじった。

「やはり、根が深そうですね。あ、堀留の長屋をどう知ったのか訊き忘れましたね。どうです？　うちにしばらくいますか？」

「男の二人暮らしは好かん」

「そんなこと言っている場合ではないでしょう。ですが、引越ししてすぐにこんなことになるということは……まさか、安田さまに」

「それは考えられん。一つあるとすれば、大家に告げたことだな」

「はあ？　引越し先を大家に伝えたんですか？」

新次郎は頭を抱えた。

「やはりまずかったかな」

「まずいもなにも、当たり前じゃないですか。お命を狙われているんですよ。こういう時は、まだ引越し先は決まっていない。しばらくは仲間のところに転《ころ》がり込むつもりだとでもいっておけばいいのです」

「うーむ。そういうものか」

新次郎は、宝木の鷹揚《おうよう》さに時々驚かされる。

「しかし今夜の浪人者らは、町場の破落戸《ごろつき》程度の者であったが、先日のふたり組は違っていた。片方の奴はおれの袂《たもと》をわずかでも切り裂いたのだからな」

「そっちがまた出て来るということですか？」

「それは充分にあり得る」

「ところで、宝木さん。相変わらず卑怯《ひきよう》な剣法だ」

新次郎はくくっと含み笑いを洩らした。

「剣を扱うのに卑怯はない。命がかかっているからな。使える手は皆、使う」

「だとしたら、宝木さんはお優しい」

宝木は、口元を引き結び、両国橋を渡り始めた。

二

「遅かったじゃない」

美々が二階の梯子《はしご》段から、逆さになって顔を覗かせた。コウモリかと新次郎は苦笑する。美々が身軽なのは親が軽業師《かるわざし》だったからだ。だが、兄の伊勢蔵はそちらには向かなかったようで、早くから、摺師の修業に入った。兄妹ふたりが、どのようにして再び出逢ったのか、新次郎だけは知っている。それぞれ人には話したくない過去がある。それをわざわざ皆に話す必要はない。ただ、番付屋の仲間として信じられる兄妹だ、新次郎はそれで充分だと思っている。

「宝木さんの引越しを手伝っていたからだよ」

「あ、そうか。堀留町に越したんでしょ？」

宝木が、まあと応えて、新次郎をちらと窺《うかが》う。美々にも伝えていたのかと新次郎が息を吐いた。

「なぁに、妙な返事して。長屋が気に食わなかったの？」

「まあ、そんな話は後でいいじゃないか」

新次郎がまだ何か言いたそうな美々を止める。

「あ、女将《おかみ》さん、あたし、そろそろ帰ります。あと、すみません」

板場にいるおりんへおさえがいった。前垂れを取り、帰り支度《じたく》を始める。

「今日もご苦労さま。わかってるわよ。明日はお休みなのよね」

「珍しいな。おさえちゃんが休むと昼の常連ががっかりするぞ。たとえば笊《ざる》屋の隠居とかな」

「嫌だぁ、宝木さんの冗談、面白くない」

おさえに返され、むむっと宝木がへそを曲げる。

「夜道は気をつけて帰んなよ。そうそう、おっ母《か》さんの具合はどうだえ？」

「おかげさまで。今朝は起き上がって、布団《ふとん》干《ぼ》しをしてたから、気分が良かったんじゃないかしら。それと、久しぶりにお芝居を観《み》に行くから楽しみなんだと思うの」

「それは良かったじゃない。ちょっとぐらい外出して、楽しんだほうが身体にもいいかもしれないしね」

ええ、とおさえがいった。

「なんかもう、おっ母さん、恋しい人に会うみたいにうきうきしちまって」

「あら、誰のお芝居なの？」

「今をときめく、中村香玉」

と、おさえが胸に当てててため息を吐く。

「錦絵を見たとき、こんなにきれいな男の人っているんだなって思ったくらい。その本物が見られるのだもの。あたしもどきどき」

おりんは、ぷっと噴き出し、

「おっ母さんのことはいえないね、おさえちゃんも」

そういうと、「おっ母さんほどじゃありませんよ」と、おさえは慌てて手を振りながら、新次郎を訝《いぶか》しげに見てきた。美々と似た眼だ。ああ、と呟《つぶや》き、おさえがぱちんと手を叩いた。

「新次郎さん、香玉に似てるんだ。いつも見ていたから、ちっとも気づかなかったけれど、嫌だぁ。困っちゃう」

「困ることはねえだろうよ」

新次郎は、はっと息を吐く。おさえが新次郎に顔を寄せてくる。

「化粧をしたらもっと似るのかな?」

「よせやい。勝手なこといいやがって。おれは化粧なんざしたかねえよ」

新次郎はそっぽを向く。おりんがそれを見て、くすくす笑いつつ、

「ほらほら、おさえちゃん。お芝居じゃ朝早いんだろう? いつものことだけど残ったお菜を持っておいき」

「あ、ありがとうございます」

おさえが板場に向かったとき、急にくるりと振り向いた。新次郎が身構えた。

「まだ、なにかいい足りねえのかよ」

「違うわよ。香玉で思い出したんだけど、いま櫛屋さんとか、小間物屋さんが大変なんですって。長屋のおかみさん連中がいってたの」

櫛? と新次郎と宝木が顔を見合わせる。

「それが香玉となんのかかわりがあるんだよ」

新次郎が訊ねる。

「なんでも、香玉がいつも挿している櫛があるんですって。贔屓《ひいき》の人たちはそれと同じ物が欲しくて、お店を回っているらしいのよ」

「へえ、贔屓ってのはやはり役者と同じ物を身に着けたくなるもんかね。おれに

は、わからないけどな。どこで買ったものか本人に質《ただ》せばいいじゃないか」

おさえが眼をぱちくりさせた。

「新次郎さんって、色んなこと知ってるかと思うと、まったくうといところがあるのが不思議なのよねぇ。香玉に直接会えるなんて、滅多《めった》にないの。それに考えてもみてよ。香玉が挿している櫛よ。お大尽のご贔屓筋の特別誂《あつら》えか、高価な物に決まってるじゃないの。そこらの町娘やおかみさんが逆立ちしたって買えるモンじゃないわよ」

「それはそうねえ。役者だったら、安物なんかしないものね。自分の価値を下げちゃうのと同じだもの」

おりんがいった。

「ははあ、役者も武家も見栄《みえ》だけは同じだな」

宝木がのんきなことをいった。

「それじゃ、新次郎さん、宝木さま、ごゆっくり」

おさえは、美々や新次郎のような昔からの知り合いのために、おりんが夕方の店を開ける前や、店仕舞いの後に、飯を提供していると思っている。番付を作るために集まっているとは思っていない。

おりんもそう説明しているし、おさえは番付屋を始めてから雇った娘なので、それを信じている。

「じゃあ、女将さん、明日は――あ、そうだ」

背を向けて店を出て行こうとしたおさえが再び、振り返った。まだあるのか、と新次郎はいささかげんなりする。

「新次郎さん、今日、竹屋さん大変だったんじゃないの？」

「耳が早いな、おさえちゃんは」

「だって、長屋の井戸端はそんな話でいつも持ちきりよ。どこそこの隠居が、若い妾《めかけ》を囲ったとか、義太夫《ぎだゆう》の師匠が駆落ちしたとか、そば屋の夜逃げとか」

はああ、とおりんが盛大に息を洩らした。

「まったく、そんな耳年増になっちゃ可愛げがないよ」

「仕方ないわよ、皆、噂好きだもの」

「で、竹屋のことはなんていわれていたのかな、おさえちゃん」

新次郎が訊ねると、おさえは少しもじもじした。

「なんだい？　その様子じゃ、あまりいいことはいわれてなかったようだなぁ」

そのね、とおさえはいい辛そうに、

「小町娘の小結になった娘が天狗《てんぐ》になって、いい気になってたんじゃないか。とか、じつはもう男がいたんだけれど、あたしとじゃ釣り合わないから、別れてくれっていったのがこじれたとか」

なるほど。お鈴はそうした性質《たち》の娘ではない。それを知らないとはいえ、世間というのは無責任な噂や想像を働かせる。そこには、妬心《としん》や羨望が、悪意という形となって、口の端に上る。

「あ、それか!」

美々がまた、上から顔を出した。

「私も知ってるよ。小町番付の小結になった娘が襲われたって話だろう。そっか、竹屋って新次郎さんのあごつきか」

「その騒ぎで、今日は髪結いを断られたよ。旦那にも、娘さんにも会わせてはもらえなかった。見舞《みま》いくらいはしたかったんだがな」

「それは仕方がないね」

美々がうんうんと頷いた。顔が逆さなので、見ているこっちが変な感じだ。よく頭に血が上らないものだと感心する。

「もう見られないような傷を顔につけられたっていうのはほんと?」

おさえが、怖々いった。新次郎は舌打ちした。噂は勝手に広がっていく。

「いや、傷は浅かったって話だ。けど、恐ろしかったんだろうな、寝込んでいるらしい」

「そりゃあ怖かったと思うわよ。でも、傷が残らないといいわよね。その小町娘を切りつけた男は捕まったんでしょ」

「捕まった？　おさえちゃん、本当かい？」

新次郎の剣幕におさえが驚いて眼を見開きながら、いった。

「いつも来る豆腐《とうふ》屋さんが、いってたのよ。瓦版を覗き見したって」

「どこのどいつだ、それは。早く、教えてくれ、おさえちゃん」

新次郎はさらに強い口調になっていた。

「ちょっと怖いわよ、新次郎さん。確か、櫛職人の銀平《ぎんぺい》って男」

櫛職人の銀平――。となると、やはり、おていがいっていた通りなのか。お鈴に櫛を渡しに来たという職人。会いたさ見たさに想いが募り、逆恨みとなってという安芝居のような筋書きか。

「なぜ、その銀平はお縄になったんだ」

おさえは、うーんと考え込んだ。

「確かね、なんとかっていう、血の付いた櫛の道具が近くに落ちていたんですって。ああ、そうだ筋《すじ》、筋、なんとか」

「筋付《すじつけ》かい？」

「あ、そうそう、筋付。やっぱり髪結いさんだから櫛のこともわかるのね」

おさえは新次郎に向けて、手を叩いた。

筋付。櫛型の表面に刃の跡をつける刃物だ。木製の柄に、先端を尖《とが》らせた金鑢《やすり》が付けられているが、刃はさほど長くはない。人を刺すには不向きだ。切りつけるぐらいがせいぜいだろう。もちろん、首の急所を狙えば別だが、それでなくともただの櫛職人が、確実に急所を狙えるかどうかも怪しい。憎さ余って、振り回していれば、偶然当たることもあるだろうが、襲われている方だって、逃げ回る。

「その柄に、銀って彫ってあったんですって。間抜けもいいところよね、自分の名の入った仕事道具を落としていくなんて。どうぞ捕まえてくださいといっているようなものじゃない」

新次郎は、おさえのさりげない言葉にはっとした。

「どうぞ捕まえてくださいといっているようなものじゃない」は、銀平を捕まえて欲しい誰かがいたことになるのではないか。

おさえが、はあと息を吐いた。

「あたし、たいしてかわいくないから助かったわ。なまじ小町娘だなんて、番付に載っただけで、恐ろしい目に遭うんだもの。よかった」

おりんが、新次郎へ眼を向けた。新次郎が表情を強張《こわば》らせる。

「ほらほら、馬鹿なことといってないで、おさえちゃん。おっ母さんが待ってるわよ。それに、おさえちゃんはうちの看板娘でしょ」

「え、そんなこといわないでくださいよぉ」

おさえは両手で顔を覆うと、まんざらでもなさそうに身体を揺らした。

「おさえちゃん、小吉に近くまで送らせようか」

「ああ、いいですよ。いつも一人で帰っていますから」

「いや、小町娘の事件とはいえ、真似する奴も出てくるかもしれねえ。姉ちゃん、みなさんの夕餉《ゆうげ》は任せていいかい。おさえちゃんを送ってくるよ」

おさえの長屋は、竪川《たてかわ》に架かる一ツ目《ひとつめ》橋を渡って、少し行った先の松井《まつい》町だ。

夜になると川沿いの道は暗く、人通りも少ない。

「じゃあ、そうしてもらおうかな。女将さん、小吉さんをお借りします」

「はいはい、ちゃんと返しておくれよ」

もう！　とおさえは、頰を膨《ふく》らませて、提灯《ちょうちん》を手にした小吉とともに店を出て行った。

新次郎は、唇を嚙み締め、突っ立ったままでいた。

番付がこんな刃傷沙汰《にんじょうざた》を起こしたのだとしたら、悔しくてならなかった。

「おりんさん。今夜の飯はいい。これから、竹屋さんに行ってくる」

板場のおりんが、眉を寄せた。おりんは気づいている。新次郎の実家が番付によって振り回されて潰され、そして、父と兄が死罪になった。それが、新次郎が番付屋になったきっかけでもある。画策したのが番付屋なのか、番付屋を操っていたものなのかどうかはまだわからないが、新次郎は、同じ番付屋になることで、父と兄を陥《おとしい》れた奴らを炙《あぶ》り出そうとしているのだ。

しかし、この頃の新次郎は、少しずつではあるが変わり始めていた。番付の中身を練《ね》るたびに楽しそうにしているのだ。番付に目を通して、喜ぶ人達が少なからずいる。役立てることもある。番付を通して、流行りを生み出すことが出来る。

新次郎がただの復讐心にかられているだけでなくなったことを、おりんは、どこかで喜んでいた。けれど、こうして、番付がらみの事件が起きると、新次郎はまた自分の暗い思いにとらわれてしまう。おりんには、それがわかっているだけに、そんな新次郎を見るのが辛くもあった。化粧番付と小町番付で、事件が起きた。特に小町番付は、種取りも進めていただけに、新次郎の気持ちが穏やかでないのは充分にわかる。それが、まるで自分が起こしてしまったことのようにも感じているのかもしれない。ましてや、自分の知っている娘なのだから、なおさらだ。

「新さんの気持ちはわからなくはないけどさ。こんな刻限に行っても、お店に入れてくれるはずないでしょう。落ち着きなさいよ。そりゃあ、あごつきのお店のお嬢さんが襲われたとなれば、一大事だけれど。襲った相手はひとまずお縄になったのだし、ちょっと頭を冷やして。新さんらしくもない」

「おりんさんの言う通りだ、新次郎どの。今日の今日で、竹屋とて落ち着けるものではない。まだ御番所の役人も居《お》ろう。せめて明日にしろ、明日に。見舞いの品を揃《そろ》えてな」

すぐにでも出て行こうとする新次郎の腕を宝木が摑《つか》んだ。

「そうだよ。髪結いの仕事も大事だけどさ、番付も進めないと。今頃、小町番付をばらまいた辰造と版元の美濃屋も青くなっているに違いないよ。だいたい、自分の妹と妾を大関にしたんだからさ。はっはは—いい気味だ」

美々がその場をなごますようにいった。

皆が、仕事場である二階に集《つど》う。小吉は、おさえを送りに行ってまだ戻らない。おりんは、美々に手伝わせ、皆に夕餉の膳を運ぶ。

飯を食いながら、美々が、早速種取り帳を広げた。

「やっぱりね、諸国の名産番付は面白いとは思うのよ」

浅草海苔《のり》、米饅頭《よねまんじゆう》、奈良茶粥《ならがゆ》、鎌倉海老《かまくらえび》、鰹《かつお》のたたき、栄螺《さざえ》、安倍川《あべかわ》餅、みかん、柚餅子《ゆべし》、八丁味噌《はっちようみそ》、焼き蛤《はまぐり》、宇治《うじ》茶などなど、各地の食べ物が記されている。

「伊勢《いせ》参りや、大山《おおやま》参り、江ノ島《えのしま》、京とか、旅に出た人を訪ねて回ったの。あとは、江戸店と、行商人をとっ捕まえて」

江戸店は、諸国にある大店の江戸支店というところだ。

「諸藩の国産会所にも顔を出してみたんだけど、胡散臭《うさんくさ》く思われて、やめた」

「そうか。その形《なり》だからじゃねえのか?」

と、新次郎がからかう。ぷんっ、と美々が横を向く。

おりんが、種取り帳を眺めながら首を傾げた。

「名産品はいいし、旅をする人にとっては、一つの目安にもなるから、いいんだけど」

「そうなの、おりんさん。これだけを書き連ねても、へえで、終わってしまうような気がしないでもないの」

美々が種取り帳をトントン指先で叩きながらいった。

「おめえも、生意気な口を利くようになったじゃないか」

兄の伊勢蔵が、ふふんと笑った。

「あたしだって、いっぱしの番付屋よ。多分売れるとは思うけど、そのあとがない」

「つまり役には立たないってことか」

「そこまでじゃないけど、いったじゃない。旅に出る人には目安になるって。楽しみにもなるんじゃないかな」

「旅する気分にはなるんじゃねえのか。どんな食い物かわからねえ分、頭ン中で味わってみるとかさ」

新次郎が言うや、

「まさに、絵に描いた餅だな」

宝木が笑いながら、左手に持った箸《はし》で茄子《なす》の浅漬けを口にほうり込む。美々がその様子を窺いながら、

「いつ見ても、妙な感じよね。宝木さんって、どうして左手が器用なのかしらん？　と箸を持った左手を宝木は眺める。

「仕方がない。生まれた時から左手使いだったのだからな。まあ、母に右に直すよう厳しく仕込まれた。侍は右に刀を帯びぬからな。だが、やはり左のほうが使い勝手はいいのだ」

「へえ、なら両方使えて便利よね」と、美々は羨ましそうに宝木の左手を見る。

「彫師もさ、右も左も両方使えたらいいかも、だって彫り辛い時は版木をいちち回さなきゃならないしさ。兄さんなんかもっといいよ。摺りにはもってこいだわね」

伊勢蔵は、うむと頷き、「たしかにいいかもなぁ」と美々に珍しく同調する。

「だから、宝木さんは人の目をくらます奇妙な剣術なんだ」

くくく、と新次郎は含み笑いを洩らす。

「新次郎どの。卑怯だの、目をくらますなど、聞き捨てならんな」

「まあまあ、ふたりとも。ほら、話を戻すわよ」と、おりんが間に入った。

新次郎と宝木は、軽く眼を合わせたが、すぐ互いにそらして、おりんを見る。

「新さんは、なんとかさんって人の干し水菓子を番付に入れたいと思っているのでしょう？　それはちょっと番付屋の流儀には反することだけど、どうかな、実際その干し水菓子で、新しい料理を作ってもらうのよ。もう夏だから、水菓子を使ったお菜なんて、結構、女子《おなご》にはウケがいいと思うのよね。簡単にできて、しかも美味しい。柿なら、なますや焼きもあるし、はじき葡萄《ぶどう》、西瓜糖《すいかとう》。季節にこだわらずに、料理屋で出している水菓子の料理を並べるのも楽しい」

おりんがいった。

「そうか――なら、干し水菓子を、舛田屋の五郎平さんに分けていただこう」

「料理屋はどうするの？『平清《ひらせい》』や『八百善《やおぜん》』に頼んでみる？」

おりんに、新次郎は首を振った。

「何をいっているんだよ。ここは、飯屋だろう？　小吉とおりんさんで工夫してみてくれねえか」

「ちょっと、なにを勝手なこといってるのよ」

「いいじゃねえか、姉さん」と、梯子段を登ってくる音とともに、小吉の声がした。

「おれだって、番付に載るような料理屋で修業した口だぜ。新しい料理なら工夫してみてえよ。新次郎さん、その干し水菓子はいつ手に入る？　早いほうがいいだろう？」

「ああ、そうだな」

宝木の隣に腰を下ろした小吉が新次郎へ目を向ける。

「なに、勝手に決めているのよ小吉」

「板前の血が騒ぐぜ」

「まずいもの作ったら、承知しないからね」

「任せとけよ、姉さん。じつはもう、ちっとばかし頭の中に浮かんでいるんだ」

「へえ、そりゃ驚いた。あんたもなかなか頼りになるのねえ」

「なんだよ。この店の料理はおれが作っているんだぜ」

小吉は、細い顎をぐっと突き出して、拗《す》ねてみせた。

「楽しみにしているよ、小吉。もし、それが評判を取ったら、板前の番付でも作るか」

新次郎が軽口を叩くと、小吉は照れ笑いを浮かべた。

そういえば、舛田屋さんの髪を結ってから幾日たっただろう。あの日に、幼馴《おさな》染《じ》みの家老を大木戸まで迎えに出るといっていたが。

国産会所を開くために参府するという話だった。多分、例の干し水菓子も持参しているはずだ。

ただ、お鈴が襲われたこともある。竹屋さんには五郎平も遠慮して行ってはいないだろう。直接舛田屋に行ってみるか。竹屋の様子を伺いに来たといえば、会ってくれるはずだ。

「明日、竹屋さんの処に寄る前に舛田屋さんを訪ねる。竹屋さんの様子も聞けるかもしれないからな」

「そうね、それがいいわよ」

おりんが頷いた。

「番付の摺りだが、いつ頃になりそうかね」

伊勢蔵がいった。

「摺り場で助けてくれといわれていてね。それが、笑っちまうんだが、版元の美濃屋の仕事なんだ」

「へえ、とんだ偶然もあるものね。番付ではないんでしょ？」

「それは違う。錦絵だ。ちょいとばかり、美濃屋と番付屋の辰造がどんな具合だか、ついでに訊いてこようと思ってね」

ははは、と美々が膝頭を叩いて笑う。

「小結が狙われたんだもの。大関はもっと危ないかもと冷や冷やしているかもしれないわね」

「おいおい。新次郎さんの御得意先のお嬢さんなんだぞ」

伊勢蔵にたしなめられ、美々は、そうだったねと肩をすぼませた。

「おさえちゃんじゃないけど、自分の名を刻んだ道具を落とすなんてほんとに間抜けよね。人って、そのときは夢中で、憎い気持ちで襲いかかって、相手の血を見たら、はっと我に返って怖くなっちゃったのかもしれないわね」

宝木がむすっとした顔でいった。

「いくら想いが募ったうえでの愛憎だとしても、人を傷つけるのは許されない行為だ。己が大切に想う者になぜ斬《き》りつけるのか、おれにはさっぱりわからん。叶わぬなら、遠くからでも相手の幸せを祈ってやるのが筋ではないか」

「宝木さんって、ほんとに真《ま》っ直《す》ぐすぎて、つまらない男よね」

「つまらぬとは、聞き捨てならぬな、美々どの」

「あまりに想いが募ると、自分の物にしたくなるじゃない？　心中だってそうでしょう？　死んであの世で一緒になるって信じて、互いに命を絶つのよ。それが片恋だったらなおさら。強い想いだけに衝《つ》き動かされて、自分の物にならないならいっそって思うんじゃないかしら」

「わからん」

宝木はむすっと唇を曲げる。

「美々ちゃん、宝木さんをそう責めないの。まだ、それほど惚《ほ》れた女子がいないのよ、きっと」

「おりんさんも酷《ひど》いですよ」

新次郎はむっとしたままの宝木を見ながら、そういった。

だが、本当に櫛職人の銀平という男が想いあまって、お鈴を傷つけたのだろうか。

なくなった櫛を銀平が持ち去ったのだとしたら、それはなんのためだ。そんな冷静なことが出来るならば、自分の道具を落としてなどいかないだろう。どこか、この一件にはちぐはぐな印象があった。

三

　翌朝、新次郎は、舛田屋へ向かった。宝木は、結局堀留町の長屋へは帰らず、新次郎の塒《ねぐら》で高いびきをかいて眠っていた。朝餉《あさげ》の用意だけして、起こさずに出てきた。

　舛田屋は、日本橋本町三丁目にある大名御用達の看板も出ている大店だ。まだ十二ほどの小僧が、表の掃除《そうじ》をしていた。

「あっしは、髪結いの新次郎という者だが、旦那さまの五郎平さまはいらっしゃるかね」

　小僧は、胡散臭《うさんくさ》そうな顔で新次郎を見る。おそらく、出入りの髪結いとは違うからだろう。

「旦那さまは、いらっしゃいますが、どのようなご用件でしょうか？」

　なかなかしっかりした小僧だった。

　新次郎は、懐を探って小銭を出すと、小僧の手を取って握らせた。

「こうしたものはいただけません」

ははあ、躾《しつけ》も行き届いたものだと感心しつつ、

「これは小僧さんがしっかり者だからお駄賃だよ。あっしはね、旦那さまと懇意《こんい》になさっている竹屋さん出入りの髪結いなんだ。竹屋さんに大変なことがあったのは、知っているだろう」

その言葉に小僧がちょっとばかり動揺しながら頷いた。

新次郎はおやと思った。小僧がきゅっと口を結ぶ。

「ただね、竹屋さんにお見舞いに行くにも様子がわからないから行きづらくてね。わかるだろう？　それで、こちらの旦那さまがなにかお知りだったら、伺いたいと思って訪ねて来たのだよ」

小僧は、まだ新次郎を疑いの眼で見ていたが、丁度そこへ、五郎平が店の暖簾《のれん》を上げて顔を覗かせた。

「あの、旦那さま」

小僧が呼びかけると、五郎平が新次郎をみとめ、眼を見開いた。

「ああ、これは髪結いの新次郎さん。どうしました。ああ、そうか竹屋さんだね」

五郎平の言葉に、小僧は安堵《あんど》したように、箒《ほうき》を再び動かし始めたが、新次郎を

ちらと窺い見た。新次郎は五郎平に背を向けて、唇に指をあてる。笑みを見せると、小僧は嬉しそうに、ぴょこんと頭を下げた。

「幼いのにしっかりした奉公人ですね。五郎平さんが出て来なければ会わせていただけませんでしたよ」

「ははは、そんなこともありませんよ。さ、まだ店を開く前なので、客もおりません、どうぞお上がり下さいまし」

「ありがとう存じます。どうでしょう、せっかくなので御髪《おぐし》を整えさせていただけますか。髭《ひげ》も伸びていらっしゃる」

先日会った五郎平とはあきらかに違う。丸一日は髭を当たっていないようだ。大店の主人はまずは身だしなみをきちりとする。

五郎平が驚いたような顔を新次郎へ向けた。

「これはとんだ差し出口を。御出入りの髪結いがいらっしゃいますよね」

五郎平は店座敷に上がりながら、ああ、いやいやと首を振る。

「いるにはいるが、二日置きなものでね。すこしばかり整えてもらえると助かりますよ」

「承知しました。髪結いにも仁義がございますから、人の客を取るような真似は出来ませんので、では乱れたところだけ」

「よろしく頼みますよ」

そういった五郎平の声がなにやら急に重くなった。新次郎は、店座敷にあがる。棚には舛田屋が扱っている紙がきれいに並べられていた。

そのまま五郎平の後ろを歩く。

五郎平が客間に入ると、

「少々、お水をいただきに。お勝手はどちらになりますか」

新次郎が訊ねると、

「いや、誰かに持って来させますよ。おおーい、誰かいるかね」

はーい、と奥から返事がして、すぐに廊下を歩いて来る足音がした。

「なにかご用でございますか」と、年増の女中がかしこまる。

「桶《おけ》に水を汲《く》んで来てくれるかね。髭を当たってもらうのだ」

女中は、あらという顔をする。いつもの髪結いとは当然違うのは気づいているだろうが、反応が少し異なっている。もしかしたら、また香玉という役者のことだろうか。

女中は、なにやら、うふふと笑って去って行く。

「なんだね、ありゃ。新次郎さん、失礼したね」

「とんでもないことでございますよ。きっと、いつもの髪結いさんと違うので、可笑《おか》しく思われたのでしょう」

「まあ、うちで雇っているのは、いい爺さんだからねぇ」

五郎平は軽く笑って、庭に面した障子《しょうじ》を開け、濡《ぬ》れ縁《えん》に腰を下ろす。

庭には、花水木《はなみずき》があった。もう花芽を出している。

「梅が終われば、桃、桜の次は花水木だ。私は、この花が好きでね。花弁を大きく広げてね。それが見事なんだ。まあ、花ビラが落ちるのが、掃除しにくいと女房はこぼすが」

新次郎は五郎平の肩に、手拭いを掛ける。

「痒《かゆ》いところはございませんか」

「ああ、いくらか左の脇が」という五郎平の髪に、結櫛《ゆいぐし》の歯ではなく、柄の細い部分を差し入れる。

「ああ、そこだ、そこだ。気持ちがいいねえ」

「恐れ入ります。あとで、油もつけておきましょう」

新次郎がいうと、水が来た。

「ところで、新次郎さん。竹屋さんのことだがね」

「早速、恐れ入りますが、別のご用事も」

「別の用事？」

五郎平が思わず首を回す。

「干し水菓子のことで。ちょいとその話を知り合いの板前に話しましたら、いたく興味をもちましてね。まずは賞味させてもらえねえかと、そういうんでさ。それで、困っちまって、参上いたしました次第で」

ああ、そうだったのかい、と五郎平は息を吐いた。

「幼馴染みのご家老さまはとっくに江戸にお入りになったのではないかと思いましてね。干し水菓子もお持ちになられたのではないかと、少々図々《ずうずう》しくて申し訳ございません」

新次郎が続けると、五郎平が肩を落とした。

「新次郎さんに竹屋さんで髪を結ってもらった日。私はね、大木戸まで迎えに出た。しかし、とうとう現れなかった。ほら、先日竹屋さんで髪を結ってもらったときに一緒にいた番頭の茂作《もさく》をその場に置いて、私は先に店に戻ったのだよ。すぐに一行が逗留《とうりゅう》していた保土ケ谷宿《ほどがやじゅく》の脇本陣《わきほんじん》に文《ふみ》を出したのだが、もう出立《しゅったつ》したあとだった」

　舛田屋を訪ねて来ることもなく、こちらから藩邸へも出掛けたが、ご家老は到着されていないの一点張り、だという。

「ただね、茂作はご家老らしき人を迎えに来た侍がいたというんだな。すぐ料理屋に入ってしまったらしいのだが。茂作は藩の方の出迎えがあったのだろうといっていたがね」

「それでもおかしな話ですね。江戸に到着されているなら、舛田屋さんになにかしら、連絡があってもよさそうですしね」

「そうなんだ。これで国産会所も始動出来ると。財政立て直しのための方策として、我らの夢であったからな。よしんば藩の方が迎えに出て来たのだとしても、あやつが私になにも報《しら》せて来ないのがやはり不可解なのだよ。国産会所については、私もかなりの金子を用立てしているからね」

「お気が変わられたということはございませんか。あるいは、なにか出来《しゅったい》して、急にお国許に戻られたとか」

　五郎平は首を横に振った。

「それならそれでなにかしら文を寄越《よこ》すはず」

「そうですね。ご心配ですね」

それで、五郎平は髭も伸ばしっ放しで、どこか暗い顔をしていたのだ。

「ああ、そうだ。干し水菓子ならば、前に送られてきたものがまだ残っているはずだよ。奉公人たちが、夢中で食べていたが。たしか林檎《りんご》があったと」

「林檎ですか？」

「林檎は寒さに強いのでね。あとは葡萄や柿も殿さまが奨励している水菓子だ。林檎は酸《す》っぱいが、干すと食べやすくなる」

「それを少しいただいてもよろしいですか？」

「ああ、構わないよ。先ほど来た女中に帰りにでもいうといい」

「ありがとうございます」

新次郎は梳《す》き櫛で乱れた髪を撫で付け終えると、

「顔剃りをさせていただきます」

と、剃刀を取り出した。

すると、五郎平が口を開いた。

「お話になられると危のうございますよ」

「刃を当てる前に話しておこうと思ってね。竹屋さんのことだ」

新次郎は剃刀を持つ手を止めた。

「いまは、店の前は大騒ぎだよ。お鈴さんの見舞いだの、その品物だのを置いて行く者が後をたたないらしい。竹屋さんもお内儀さんもへとへとだ」

それでね、と五郎平がいった。

「お鈴さんはうちで預かっているんだよ」

新次郎は眼をしばたたく。お鈴が舛田屋にいたとは。

「もう使っていない離れの隠居部屋にいてもらっているのさ。これはまことに内緒のことだよ。新次郎さんが竹屋さんお出入りの髪結いだからこそお話ししたんだ」

「わかっております。傷の具合はいかがなのですか？」

「うん、だいぶよくなったがねぇ」

五郎平は煮え切らない返答をする。

お鈴は咄嗟に危険を察知して、袂で顔を覆ったが間に合わなかった。だが筋付は刃といってもわずかな長さしかない。それが幸いしたとはいえ、顔に傷を負ったお鈴の気持ちは計り知れない。憔悴《しょうすい》しきっていて飯もろくに食わないらしい。

預かっている身としては、それが申し訳なくてねぇと五郎平が息を吐いた。

「どうだろうかね、新次郎さんが見舞ってやってくれないか」

「それは構いませんが、竹屋さんの許しもなく、大丈夫でしょうか」

「いやいや、きっと、新次郎さんの顔を見れば、お鈴さんも少しは落ち着くんじゃないかと思ってね」

「恐れ入ります」

「しかし、嫌な事件だよ。番付に出たうら若い娘の顔を狙うなんて、尋常《じんじょう》じゃない。私はね、本当に男の仕業《しわざ》なのかどうか怪しんでいるよ」

「五郎平さんは、櫛職人ではねえとお思いですか?」

「よほど思慕を募らせて、魔が差したってこともあるだろうが、女の嫉妬のほうが怖いと私は思うがね。これは、私の国許の同業のことだが」

新次郎は、はい、と頷く。

「妾を囲ってね、ほとんど家に帰らなくなっていたんだよ。よくある話だが。その妾宅《しょうたく》に乗り込んで来た女房は夫を責めずに、妾と大喧嘩《おおげんか》となった。しかも、身ごもっている妾の腹を蹴り飛ばしてね、赤子を流しちまった」

「そいつは酷《むご》いですね、悪いのは旦那のほうでしょう」

新次郎がいうと、五郎平も、そりゃそうさと、苦笑いした。

「けどね、女は女に嫉妬するのだと、私は思ったもんさ。そのあと、旦那はすぐご家に帰ってね。妾には暮らしに困らないだけの金子を与えたそうだよ。はは、余計な話をしたね。でもこっちの事件は落着したんだ。じゃあ、頼むよ」

新次郎は刃を水で濡らし、五郎平の髭を剃《そ》る。

まさか、お鈴が舛田屋で世話になっているとは思わなかった。だが、五郎平のいっていることはあながち的外れでもない気がした。

女の嫉妬のほうが怖い、か。

たしかに、大関になった娘ふたりよりも、小結のお鈴のほうが、人気があったと、美々から聞いたような気がする。大関は、版元美濃屋の妾と、番付屋辰造の妹という呆《あき》れた仕儀だが、きっとお鈴の錦絵が出れば、ふたりを抜くほどの売れ行きになっただろう。あの業突《ごうつ》く張《ば》りの美濃屋が、お鈴の錦絵を版行しないのも、妾に遠慮しているのではないかと思うと、笑える。

だが、お鈴はまことに襲われた。顔を狙って刃を振るわれたのだ。

新次郎は、はっとした。やはりはなから殺すためじゃない。顔だけ傷をつければよかったのだ。となると男の発想ではない。もし櫛職人の銀平がやったとしても、その裏には女がいるのではないだろうか。たとえば、銀平に女がいて、お鈴に櫛を渡したことが気に食わなかったとか。

「終わりました」

「ああ、ようやくさっぱりしたよ」

五郎平は満足げに手鏡を覗き見た。

「ご家老さまが、ご心配ではありますが、きっと火急のご用事が出来たのでしょう」

「案外、川崎か品川《しながわ》あたりで道草食っているのかもしれないね」

五郎平は笑ったが、心の底からの笑顔ではなかった。

離れの隠居所に新次郎は案内された。

「もし、お鈴さん。新次郎です」

障子越しに声を掛けると、あきらかに座敷の中で人が動いた気配がした。

「髪結いの新次郎さん？」

お鈴がさぐるように、障子越しに訊ねてくる。

「他にはおりませんよ」

柔らかく応えると、障子が開いて、いきなりお鈴が新次郎の首元に腕を回した。

「ああ、新次郎さん、あたしあたし、大変なことをしてしまったの」

「お鈴さん、ちょっとちょっと」

お鈴ははっとして、身を離すと真っ赤な顔をして俯いた。

「ごめんなさい。誰にも話せなくて、でも、新次郎さんなら聞いてもらえるかと思って」

「そんなに頼りにされていたとは思いませんでしたが。入ってもよろしいですか」

お鈴は、はいと、新次郎を促し、廊下の左右を見回し障子を閉めた。

「じつは、銀平さんをお縄にしたのはあたしなんです」

「どういうことですかい？」

ああ、違う違うと、お鈴は首を振る。

「どうか落ち着いてください。ゆっくり話をしてください。お怪我《けが》のほうはいかがなんですか？」

お鈴の額と腕には晒《さらし》が巻かれていた。お鈴は額に指を当てた。

「もう、痛みもありません。傷もうっすら残るだろうが、目立つほどではないだろうと」

「それはよかった」

と、いいつつも多少傷は残るのかと、気の毒になる。

「早速で申し訳ないですが、銀平という櫛職人をどうしてお鈴さんがお縄にしたというのですか？」

お鈴は唇を嚙《か》んで黙っていたが、しばらくして小さな口を開いた。

「じつは、あたし、針稽古の帰りに銀平さんと時々会っていたんです。銀平さんが奉公している櫛屋さんが近くにあって、品物を納めに行くのがあたしの帰るときと偶然同じくらいの刻限だったので。ひと言ふた言、話すだけだったり、挨拶だけだったりのときもありました。あたしにはいつも供がついているから、長話は出来ないし」

「銀平さんは、お鈴さんとはどんな間柄なんですかい？」

「幼馴染みです。銀平さんは家近くの裏店《うらだな》に住んでいたので、よく遊んでいました」

「大店のお嬢さんと裏店の子が遊ぶのを、ご両親はあまりよくは思っていなかったのじゃないかね」

「そのようでした。叱られたこともありましたし。でも銀平さんが、奉公に上がったのは十一のときですから、両親も安心したというか。嫌な話ですけど。お父《と》っつぁんは銀平さんが捕まったと聞いたとき、それみたことかという顔をして。裏店の子どもはと怒っていました。でも、そんな人じゃないんです」

銀平は、お鈴のままごと遊びにもつきあってくれる優しい男児だったという。もうひとり同じ裏店に住んでいた男児と、三人が仲良しだったと、お鈴はいった。

「もうひとり、幼馴染みが？」

「その人とはもう会ってはいません。時々、あたし観《み》に行きますけれど」

新次郎は、お鈴の物言いが気になった。

「つまり、芝居かなにかをやっているのかな」

お鈴はこくりと頷いた。

「新次郎さんと少し似ています」

中村香玉、か？　まさか。新次郎は身を乗り出した。

「お嬢さん、似てるといわれて自分でいうのもなんだが、その幼馴染みってのは、香玉って役者ですかい？」

わずかだが、お鈴が笑みを浮かべた。

「ご存じでしたか。おっ母《か》さんとふたり暮らしで、どうして役者になったのかいきさつは知りませんけれど。でも、新次郎さんに初めてお会いしたとき、ちょっと驚いたんです。今度は髪結いになったのかって」

新次郎はあらためて「いま人気の役者じゃねえですか」と、驚いたように返した。

「香玉って役者は名だけで、見たことはねえんですが、この頃、妙に人に見られるんで戸惑っていますよ」

「それだけ、香玉さんも顔が売れてきたってことかしら。嬉しいけど――」

待てよ、と新次郎は香玉の挿している櫛を贔屓が欲しがっているという話を思い出した。こっちも櫛だ。新次郎は探るようにお鈴へ訊ねた。

「近頃、その香玉が挿しているという櫛を知っていますかい?」

ああ、とお鈴が小さく声を洩らした。

「そういえば噂になっていたんです、あの櫛のこと」

少しためらいつつ、お鈴は口を開いた。

「香玉さんにも銀平さんは同じ意匠で作った櫛を渡したといっていたんです。それを、外出のときにも挿して歩いているので、どこで買った櫛なのか、贔屓の娘たちが騒いでるって。だけど、あたしも同じ櫛を挿しているので、それを誰かが見つけたのかも」

それは、おさえがいっていたのと同じだ。

「銀平さんは、櫛を幾枚作っているのですか？」

お鈴が首を横に振り、「二枚だけです」といった。幼馴染みの二人にお揃いの物を作りたかったのだという。もっともひとりは男だから、櫛を贈るなんて変なもんだとはにかんだ笑みを浮かべたらしい。

こいつは参った。同じ意匠の櫛が二枚。娘たちの間では香玉が挿していたことで、騒ぎになっていた。もしも、同じ櫛をお鈴が挿していることを、なんらかの形で知ったとしたら。やれやれ、もっと事はやっかいだ。その櫛欲しさに香玉贔屓の娘が、男を使ってやったと考えられなくもない。どんどん、話は広がるばかりだ。

たった二枚の同じ意匠の櫛――。

しかしお鈴を狙ったのはたしかだ。顔に刃物を向けたのだ。五郎平のいう通り、女が仕組んでやらせたのかもしれない。香玉と同じ櫛を挿しているお鈴への嫉妬と羨望。割れた櫛を拾っていったのがその証かもしれない。

考え込む新次郎を不安げな眼でお鈴が見る。

「あの、私が襲われた日も、銀平さんに会ったんです。そのときは本当にちょっとだけ挨拶して別れたんですけど、そのあとでした。いきなり頰被りをした男が横から刃物を持って駆け寄ってきたんです」

「もうそこに銀平さんはいなかったんですね」

「ええ、荷を取りに行くところだからと、足早に戻って行きましたから」

男に顔を切られると思ったお鈴は咄嗟に腕を顔に当ててかばったが、わずかに遅れた。たまたま参詣に来ていた者たちが騒いだのでその男は逃走したという。

「そのとき、銀平さんからもらった櫛が落ちて割れてしまったんですけど、襲ってきた男が持って逃げたみたいです」

なのに、とお鈴はきゅっと口許を引き結んだ。

「御番所のお役人には、銀平さんではないと告げたのに、聞き入れてくださらなかったんです。銀平さんの名が彫られた道具が近くに落ちていたうえに、自分で作った櫛を拾っていったからだと」

襲ったところを見ていた人がいたとか、銀平が走って行くところを見たとか、そういう話が出てきたらしい。

「当然です。あたしと会ったのは本当のことですし。でも、銀平さんじゃないんです。あたしがあのお寺さえ通らなければ、銀平さんに会わなければ、こんな事にはならなかったはずなんです」

お鈴は、肩を震わせ、急に涙をこぼし始めた。まだ心が落ち着いていないのだろう。当然だ。顔を傷つけられ、その上幼馴染みが捕えられたのだ。

「本当です。新次郎さん、あたしを襲ったのは別の人です。だって、銀平さんは背丈があるし、身体も大きいんです。でもあたしを襲ってきたのは小男で、線が細くて」

「銀平には、想い人はいたかい？」

お鈴は首を傾《かし》げた。

「たぶん、いないと思います。いまは櫛職人として一人前にならなきゃとよくいっていましたし——それに」

銀平さんは無口で照れ屋だから、とお鈴が頬を濡らしたままくすりと笑う。銀平に女がいないとなれば、やはり、お鈴に恋い焦がれた男の仕業か。

「わかった。銀平を知っているお鈴さんがそういうなら、そのほうが正しいと、おれも思う。銀平さんだって、自分の仕事道具をわざわざ落としていきはしないだろうさ。これは、銀平さんに罪をなすり付けようとした奴がいるんだ」

お鈴は涙を拭いながら、

「銀平さんに罪を？　どうして？」

新次郎は口許を曲げた。

「嫌な話だが、小町番付の小結のお鈴さんと仲良くしているのが悔しかった奴かもしれないよ」

「たったそれだけのことで？」

「思い込みの強い男っていうのもいるからね。竹屋さんにお鈴さんを見ようと、しょっちゅう男どもが必死になって来ているだろう。そうした中に、お鈴さんは自分の物だと思い込む奴もいるかもって話だ」

お鈴はぞくっと身を震わせた。

「あたしから小結になりたいなんていってないのに。勝手に番付に載せられて。もし本当にそういう人がいるなら、あたし怖い。小結なんて載せないでもらいたかった」

と、お鈴は頭《かぶり》を振る。

美濃屋と辰造——。小町番付がどれほど世間を騒がせるか。

物や名所の番付ではない。人を扱うのが一番難しい。文人墨客でもそうだ。大関なんかになれば、注目をあびて、仕事だって増える。なぜ、あいつが大関だと難癖をいってくる者だっている。

役者だったら芝居町は大騒ぎになる。玄人相手でも、文句も出れば嫉妬もある。茶屋や商家の看板娘であれば、店も繁盛するし、物も売れる。人前に出ている分、騒がれることに馴《な》れもあるだろう。

しかし、お鈴は看板娘でなく、ただの素人だ。美濃屋と辰造は、そこに気づかなかったのか。竹屋で番付を見せられた時の不安が的中したようで嫌な気分だった。

「新次郎さん、お願い。銀平さんを助けてあげて。お父っつぁんは、銀平さんがやったのだと信じて疑わないし、役人も決めつけているし」

とはいっても、助ける手立てなど考えつきもしない。

だが、お鈴の眼は懸命だった。新次郎の他にすがる者はないというようにさらに瞳を潤ませる。たしかに、小結、いや大関でもおかしくはない愛らしさだ。こんな視線を向けられたら、うっかり魂を抜かれそうになる。ふっと、新次郎は我に返って、息を抜いた。

「私になにかお手伝い出来ることがあればいいんですが」

そうよね、と、お鈴は俯いた。

「私は廻り髪結いなので、さまざまな話を拾うことは出来ましょう。お役に立つかはわかりませんが」

新次郎は、同心の佐竹六左エ門のことは伏せた。下手にお鈴が期待してしまい、思い通りにならなかった場合の落胆も大きいからだ。

「もっとも、お鈴さんを傷つけたといっても、筋付は殺すほどの刃物じゃありません。もちろん、首筋の血の管を狙えば別ですが」

お鈴は、眉をひそめた。

「そういうお人ではないでしょうけどね。銀平という方は」

お鈴は「だから、銀平さんじゃないの。銀平さんと別れた後に現れた人なの」と、叫ぶようにいうと再び泣き声を上げた。

第四章　顔見世

一

「すいやせん。でも、ちょいと辺りを聞込んではみましょう」

お鈴は、嗚咽《おえつ》を洩《も》らしながら、頷《うなず》いた。

「櫛《くし》もどこかにいってしまったし……銀平さんが初めて作ってくれたのに」

初めて作った櫛か……。

「銀平さんが奉公していた櫛屋はどこにありますか？」

「ごめんなさい。奉公先までは知らないんです。銀平さんのお父っつぁんが亡くなってから、おっ母さんと妹さんは別の長屋に越してしまったので」

身内とは話が出来ない。となると、やはり銀平の奉公先の櫛屋だ。手掛かりとしてては、お鈴の針稽古の帰りに通る寺の近くというだけだ。

「では、銀平だと決めつけた役人はどんな男だったか覚えていますか？」

お鈴は、怖くてよく覚えていないと前置きをした。

「ずいぶん、威張っていたような。周りの方に指図するような立場のお方だったと。うちに出入りをしている同心さんにもきつくあたっておりました」

なるほど。同心よりも上の役。つまり与力か、と新次郎は思った。都合がいい。たしか竹屋に出入りしているのは佐竹だ。

では気をしっかり持って、とお鈴に伝えると新次郎は座敷を出た。

「新次郎さん、お願いします」

お鈴の懸命な声が新次郎の耳に響いた。


竹屋に行くと、野次馬がわんさかいるうえに役人がうろうろしていた。役人は野次馬が店に近づかないよう、懸命に追い払っていた。その中に思ったとおり佐竹の背が見えた。

「佐竹さま」

おう、と振り向いた佐竹は無精髭《ひげ》を生やし、髷《まげ》もだらしない。

「どうなさいました？　ひでえお姿だ」

「ああ？　こいつか。お奉行の人使いが荒くてよ。床屋にも行けねえ」

と、佐竹が新次郎の鬢盥《びんだらい》に眼を留めて、にかっと笑った。

「おめえよ、竹屋はあごつきだったよな。主人も斬りつけた相手が捕まったとはいえ、娘を狙う不届きな男がまだいるかもしれねえ、安心出来ねえって、警固だとよ。一日三度の見廻《まわ》りだ」

「まあ、お鈴さんが可愛《かわい》いからでしょうが」

と、佐竹が新次郎に近寄ってきた。

「けど、娘はここにはいねえそうじゃねえか。おめえ、どこにいるか知ってるかい？」

新次郎はわざとらしく驚いた顔をして、そうですかと、首肯《しゅこう》した。

ちっと、佐竹が舌打ちする。

「おめえ、その顔は知ってるって顔だぜ。竹屋に入れてやるからよ。他には洩《も》らさねえから、おれにだけ教えろ」

「旦那には敵《かな》わねえな。ご主人と、話をしてもよござんすか？」

「ああ、少しならいいだろう。あ、それとおれの鬢もなんとかしてくれ」

「それはお安いご用ですよ」

新次郎は、お鈴が舛田屋にいることを佐竹に伝えた。なるほどな、と佐竹は得心しながら、新次郎を竹屋に促し、ちゃっかり店座敷で髷を結わせた。

新次郎は櫛で佐竹の髪を梳《す》きながら、小声でいった。

「旦那、お鈴さんは、自分を襲ったのは銀平ではないといっています」

「なんだと！」

佐竹が振り返った瞬間、髪が引っ張られ、「痛《い》たた」と顔をしかめた。

「どういうことだい。ちゃんと話しな」

新次郎は、お鈴が告げてくれたことを佐竹に伝えた。

「だとしたら、なんで銀平って奴《やつ》は、ちゃんといわねえんだ。だんまり続けてよ」

「お願いですから、厳しい詮議はおやめください。入牢《じゅろう》だけでもどれだけ苦しいか。きちんとお調べをしてやってくれませんか」

「石抱きとかか？　してねえよ。まだ小伝馬《こでんま》町への牢入りにはなっていねえしな。これでも、探索だけはやってるんだよ、てめえにいわれなくてもな。なんたって竹屋の娘だぜ」

佐竹が袖《そで》を振った。竹屋から得られる銭は結構な小遣いになるようだ。同心たちは多忙ではあるが、薄給だ。そのため商家や武家などで、ちょっとしたいざこざがあると、さっと出て行って揉《も》み消してしまう。なにか事があれば、大番屋や奉行所に召し出されたり、詮議を受けたりと、時も掛かるし、評判の悪さにもつながる。商家にとっていいことはひとつもない。そのため日頃から見廻りの同心に銭を与えている。要は目こぼし料だ。

「だいたい、櫛師がてめえの道具で人を襲って、わざわざ落としていくなんざ、間抜けだからな。しかも、お鈴の櫛を持ち帰ったって？　自分がやったといわんばかりだよ。昼行灯《あんどん》のおれにだって、わからぁ」

「さすがは、佐竹さま。『根津美』のおりんさんにも伝えておきますよ」

佐竹は、おお、そうかいと、まんざらでもないような顔をした。

「これはおれの勘だが、銀平って奴は誰かをかばっているような気がしてならねえ」

誰かをかばう？　意外な言葉に、新次郎は無精髭を摘《つま》んでいる佐竹を見つめた。

「お鈴の傷もたいしたことはなかった。罪もそんなに重くはならねえ。襲った訳さえわかれば、お裁きも出るんだが、だんまりなもんでな。大男だが、真面目で虫も殺せないようなぬぼーっとした奴だ。奉公先の親方に訊《たず》ねたらよ、もともと無口で酒も煙草《たばこ》もやらねえ。仲間うちでも、あいつが、と一様に驚いているってよ。吟味与力さまも困っちまってな」

お鈴は銀平ではないとはっきりといっている。銀平と別れた後にきた奴に襲われたのだ。なぜ、被害者本人の言葉を信じようとしないのか、それも不思議に思えた。

「銀平って人はどこに奉公してたんです?」

ああ?　おれは知らねえ、と佐竹はすっとぼけた。

「この一件の扱いは佐竹さまですか」

「おい、新次郎。なんで、てめえがそんなことを気にしてやがる。同じ北町の与力の田上健一郎《たがみけんいちろう》という者だが。それがどうしたい?」

「へえ、与力さまが直々に」

「まあ、竹屋は大店だしな。なんだかよ、急に張り切って出張《でば》って来やがった。いろいろ狙いはあるんじゃねえか。おれの小遣いが減っちまうのは困りもんだが」

「それは、一大事でございますね。では、佐竹さま。お約定《やくじょう》を」

ああ、勝手に入れ入れ、と新次郎を追い払うように手を振った。

「けどな、余計なことはするんじゃねえぞ」と怒鳴《どな》った。

新次郎が鬢盥を手に廊下を歩いて行くと、角から、ぬっと人影が現れた。

思わず新次郎は身構える。

黒の巻羽織に、十手《じって》。まだ三十くらいだ。顎《あご》が細く、眼も細い。もしかしたら、こいつが田上という与力かと新次郎は思った。

「貴様、髪結いのようだが、誰の許しを得て入って来た」

「同心の佐竹さまでございます。いつも竹屋さんにはお世話になっております」

佐竹か、と与力の田上らしき男が顎をしゃくった。

「まあいい。通れ。いいか、佐竹にもいっておくが、私の許しを得てから、竹屋に入れ。まだ探索が続いているのだ」

えっと、新次郎はわざとらしく眼をしばたたく。

「もうお嬢さまを襲った者はお縄になったと聞きましたが。まだ探索が続いているのでございますか?」

「おまえに話すことはない。さっさと、髪を結って去《い》ね」

「まあ、でもこれを引き起こしたのは、小町番付のせいではないかと、あっしは思うんですがねぇ。ここのお嬢さまは小結でしたし、番付屋にはお咎《とが》めはないんで?」

「うるさい。番付屋ならもう調べはついておる。なにも怪しいところはない。主人の髪を結ったら、すぐに帰るんだぞ」

「へい、承知いたしました」

新次郎は、腰を低くして、田上の横をすり抜けた。

まだ探索を続けている? おかしいではないか——。竹屋の中に事件の鍵となるようなものはないはずだ。せいぜい出てくるのは、主人の勘右衛門が大事にしている番付ぐらいだ。しかし、版元の美濃屋と辰造め。田上に鼻薬をたっぷり嗅《か》がせていやがるんだろう。

「失礼いたします。新次郎でございます」

「ああ、遠慮せずにお入り」

屋敷の奥の自室にいた竹屋の勘右衛門はがくりと肩を落として、いつもの威勢の良さは微塵《みじん》もない。

ため息を吐《つ》いては、お鈴と呟《つぶや》いていた。新次郎が座敷に入ると、ああ、新次郎さんと、なにやら自嘲気味に笑った。

「この度《たび》は、とんだことで」

「ほんにね。あんなに浮かれるもんじゃなかったよ。女房にも、それ見たことかと叱り飛ばされた。あちこちでいい気になって言い触らしたからだってね。しかも、お鈴の顔に傷が。たまらないよ」

「しかし外道《げどう》はいるものです。きっと勝手に恋い焦がれて、思うようにならねえことが憎しみになったんじゃねえかと」

「まったく身勝手なものだよ。捕まってよかったがね」

「それにしても、まだ野次馬が多いようですね」

勘右衛門はまた大きなため息を吐く。

「人ン家の不幸を喜んでいるのだろうさ」

「いや、ほとんどがお鈴さんのご贔屓《ひいき》じゃねえですか」

「たまらないねぇ。それも嫌な心持ちだよ」

ただ、お鈴は、櫛職人の銀平が自分を襲ったのではないと強くいっていた。野次馬の中にまことの斬り付け魔が混ざっていて、竹屋をまだ見張っていることもあるかもしれない。

新次郎は勘右衛門の乱れた髪を見て、「お直しいたしましょう」と、いった。

「少しでも落ち着かれるのではありませんか？」

「そうだね、頼むよ」

では、と新次郎はすぐに鬢盥からはさみを取り出し、元結いを切った。


夕刻、根津美に集まった面々は、さっそくいま評判の料理屋で人気の料理を挙げ始めた。

「なるほどね、夏の煮こごり、瓜《うり》の澄まし汁、豆腐の梅紫蘇《うめしそ》乗せ、まあ、どれも美味《おい》しそうではあるけれど。あたしはこれ。たまごと豆腐の葱蒸《ねぎむ》し」

おりんがいった。

長屋のおかみさんでも容易《たやす》く作れる料理であればなおよい。

「作り方を入れるともっといいかもね」と、美々が腕を組む。相変わらず足は胡座《あぐら》に組んでいる。兄の伊勢蔵が苦虫をかみつぶしたような顔で妹の美々を見ていた。

「で、小吉、どうなの？　新次郎さんが譲ってもらった干し水菓子は」

おりんが声を掛けると、小吉は思った通りだ、といった。

「なにそれ？」

「たぶん、美味《うま》い物になると思いますよ。林檎には酸味がありますから、それと甘みをあわせて、ちょうどいい塩梅《あんばい》になる」

「楽しみにしているよ」

新次郎がいうと、美々が、ねえねえと近づいてきた。

「おりん姐《ねえ》さんとも話してたんだけど、お芝居行かない？　中村香玉がお軽《かる》をやるの」

「『お軽勘平《かんぺい》の道行き』か」

忠臣蔵《ちゆうしんぐら》の何幕もある内の番外編のひとつだ。忠臣蔵といえば、赤穂浪士《あこうろうし》の史実と合わせて冬場に多いが、そうした本編とは異なる物語はいつでもいいのだろう。それに、有名な怪談話もある。

そういえば、銀平と香玉、お鈴は幼馴染みだった。観《み》ておくのもいいかもしれない。

「その香玉って、本当におれに似《に》ているのか？　おさえちゃんにもいわれた」

美々が眉をひそめた。

「どこが似ているなんていわれたの？　そうかなぁ。いつも見ているから気づかないだけかしら。やっぱり化粧をしてみたらいいのに」

「相変わらず馬鹿いってんじゃねえよ。女の恰好《かっこう》なんて真っ平だよ」

美々が、むすっとした顔をして、

「で、芝居に行くの行かないの?」

と、訊ねてきた。

行くよ、と新次郎はぶっきらぼうに応えた。

「そういえば、新次郎どの。あの男を見掛けたのだが」

宝木が突然いった。

「あの男?」

「先日、ここに来た小間物屋だ。新次郎どのが、喧嘩《けんか》に巻き込まれたときの」

理吉か。そいつがどうかしましたか、と新次郎は宝木に顔を向ける。

「昨日な、両国の広小路で、見立番付を売っている者たちがあったのだが、あの男が食ってかかっていてな」

「それでどうしました?」

「番付屋に怒鳴られて、追い立てられていたよ。やはり、化粧番付を出した奴らを捜しているんだろうな。なにか、梅屋についてわかることがあるんじゃねえかと探りを入れているようだが、そうそう番付屋が、うちですと応えるはずもあるまいよ」

新次郎は、腕を組み唸《うな》った。しばらく間を空けてから、口を開いた。

「皆に話があるのだが」

「どうしたの、あらたまって」

おりんが眼を見開いて、新次郎を見た。

「いや、理吉をうちに引き入れようかと思うのだが。あいつは、番付のおかげで恩のある小間物屋の旦那を失っている」

「でも、それってさぁ、番付屋を憎んでいるってことでしょ。そんな人、あたしたちの仲間に入れたら、なにするかわからないじゃない」

「下手に泳がせるほうが迷惑にならないか？　あいつは小間物屋だ。出入り先も武家や商家と色々ある。種取りするにはもってこいの商売だ」

それに、と新次郎は口調を改めた。

「見立番付には、なにかしら裏がある」

「なにいってるのさ。うちはそんなことしてないわよ」

美々が頬を膨《ふく》らませる。

「理吉をこっちに入れれば、他の番付屋のやり方も知れると、誘うんだ」

「じゃあ、あたしたちの稼業も明かすわけよね」

おりんが不服そうにいった。

「それはしかたないだろう。隠したってすぐにばれる。はなから、おれたちは番付屋だといってしまったほうが、あいつのためにもなる。だいたい『当世流行化粧番付』はうちじゃない。妙な探りを入れられるほうが迷惑だ」

「それもそうねぇ。なら、理吉さんとやらを仲間にするのは、あたしも納得。たしかに下手に動かれると、うちの店も困るから。どう、皆は？」

おりんがいうと、美々も宝木も、他の者も頷いた。

「じゃあ、理吉って人のことは、新次郎さんにお願いすることでいいね」

皆が得心する。おりんはさらに口を開いた。

「それでさぁ。あのお嬢さんはどうしたのよ、小町娘。襲った相手がお縄になったって瓦版になってたけれど」

新次郎はため息を吐いた。

「襲ったのはどうやら、お縄になった銀平という奴じゃないらしい。奉行所は落ちていた櫛職人の道具に銀と刻んであったことから、銀平の犯行と決めに掛かっているが、お鈴と銀平は幼馴染みなんだ」

おりんが、新次郎に異を唱える。

「幼馴染みだからこそ、ってことだってあるわよ。小町娘として、いろんな男が近づいてきていたらさ、嫉妬もするじゃない」

「そいつは、おれも考えたさ。しかし、襲われたお鈴自身がいっているんだ」

お鈴から聞かされた話を皆に告げる。

それはさぁと、美々が口許《くちもと》を曲げた。

「幼馴染みを助けたい一心でいってるんじゃないの。あたしはお鈴とその銀平だっけ？　その間柄がどんなんだか知らないけどさ」

「なんというか、女子《おなご》というものは、妙に女子に厳しいな」

宝木がぼそりといった。

「宝木さんもお気をつけになったほうがいいですよ。女は純なだけじゃねえ。男の幽霊より女の幽霊のほうが多いのがその表れですよ」

「馬鹿いうんじゃないの」

おりんが呆《あき》れたように新次郎を見る。

「ああ、そういや、中村香玉っていう役者も、お鈴と銀平の幼馴染みだ」

と、新次郎は付け加えた。

「あの、香玉、も？」

美々は、驚き声を上げ、新次郎へものすごい勢いで這《は》ってきた。

「それ、ほんと？」

新次郎の顔をじろりと下から、見上げた。「なんだよ、美々」と、新次郎が身を仰《の》け反《ぞ》らせると、「ちょっと面白いじゃない」と、美々がにやっと笑った。

「美々ちゃん、調子に乗るんじゃないわよ。あたしたちは、番付屋。御番所の役人じゃないのよ」

ぺろりと舌を出して、美々は座り直す。

「だけどさ、銀平って人も自分が襲ったのじゃないのなら、なぜそういわないのかしら」

美々は定町廻りよろしく眉間に皺《しわ》をよせて考え始めた。

「そこが奉行所の悪いところだ。お鈴の帰りを待ち伏せしていたように、その場にいた。本当は違っているのに勝手な筋書きを作っちまう。その筋書きから抜け出せなくなって、これまで無実の者がお仕置きになっているのがごまんとある」

「そんなの酷《ひど》いと思うのよね。だって、本当はなにもしていないのに罪人にされちまうのでしょ？　死罪にされちゃうこともある」

「拷問《ごうもん》に耐えられなくなってな。楽になりたいと思って、していねえのに、やったといってしまうんだ。それによ、人は、それが偽《いつわ》りだとわかっていても、絶えず聞かされているとそう思っちまうんだよ。もしかしたら自分がしたのかもしれねえとな」

嘘《うそ》を吐き続けていると、その嘘が本当のように思えてくるのと同じだ。それか、諦《あきら》めだ。

美々は得心がいかないようで、さらに膨れっ面《つら》をした。

「要はさ、人は弱いんだよ。他人と合わせることで安心することだってあるだろう？　自分はそう思っていなくてもさ。周りと歩調を合わせないと不安になる」

罪を認めると、死罪になっちまうかもしれないけどさ、とおりんは眉間にくっきりと皺をよせ険しい顔つきになる。

「おりんさん、罪人にされるのとは別の話よ。それは諦めや絶望に近いんじゃないの」

「そうだよ。無理やり罪人にされて引き回しの上、さらし首なんてこともあるんだよ」

おりんは美々を睨《ね》めつける。

「どうしたの？　おりんさんらしくない。ちょっと怖いよ」

美々が眼をしばたたく。

おりんは、「ごめんごめん」と、笑みを浮かべた。

新次郎は、何気なくおりんをみやる。女ひとりでこの『根津美』を開いたのか、誰か後ろ盾がいたのか、亭主がいたのか、おりんの過去は聞いたことはない。

「でもその銀平さんって人がなにもしていないのなら、助けてあげるべきよ。本当にお鈴さんを襲った奴を取っ捕まえるとか」

「いい加減にしろ。調子に乗るな。種取りは玄人だが、捕り物は素人なんだ」

伊勢蔵は興奮した美々を諫《いさ》める。

「似たようなものよ。無実の証《あかし》を集めて、奉行所におおそれながらといえばいいのよ」

「まあ、佐竹の旦那には伝えておいた。あまりきつい詮議はしないでくれってな」

おりんが心配げな顔つきになる。

「大丈夫かしら、あの昼行灯の旦那で」

「意外と頼りになる旦那だと思うぜ」

伊勢蔵がぼそりといった。ここに飯を食いにくるのは、おりんさん会いたさだと思うが、常に客の顔を確かめている、という。

「そうなんだ。あの旦那、ああ見えて、人相書きから、古い事件までみんな頭に入ってやがるからな」

新次郎も頷いた。

「なるほどねぇ。おりんさんに鼻の下伸ばしてるだけじゃないんだ。人にはなにかしら得意なものがあるもんなんだね」

うんと、美々がわかったような顔をした。

「さて、銀平さんの無実の証をどう立てるかだね」

美々が妙に張り切っている。

「それがわかれば、苦労はせぬよ」と、宝木がいった。

「宝木さん、あたしたちは番付屋よ。さまざまな種を拾うのが商売でしょ」

「ただな、この竹屋の事件を仕切っているのは、与力の田上健一郎ってお方らしい」

「そのお鈴さんには悪いけれど、与力が先頭に立って出張るような事件ともいえないわよね」

おりんがいった。

「そこなんだ。急に出張ってきたらしい。佐竹さんは大店だからといっていたが。宝木さん」

むっと宝木が顔を上げる。

「伊勢蔵さんと一緒に田上って与力を当たってくれませんかね」

「わかった」と、伊勢蔵が頷いた。

ねえ、あたしは？　と美々が身を乗り出してくる。

「そうだな、おれとおりんさんと芝居見物かな」

よしっと美々が拳を握る。

「いや、その前に番付用の種取りだな」

なんだい、と美々は舌打ちした。おさえが、香玉がいっちきれいだったとぽーっとして、客の注文も忘れるらしい。

「あーあ、あたしも拝んでみたいね、そんないい男」

「なら、女の形《なり》に戻るんだな」

すかさず伊勢蔵がいうと、やなこったと美々が返した。

「小吉さんは、干し水菓子の工夫を続けてくれるか」

「ああ、任《まか》せとけって」

さて、とおりんが立ち上がった。

「思いの外、長話になっちまったね。店をそろそろ開けないと。お客が文句をいうからさ。小吉、もう支度は済んでいるんだろう」

「当たり前だよ、姉さん」

じゃ、いつも通り別々に表に出るか、と新次郎は立ち上がった。

二

二日後。新次郎は以前と変わりなく竹屋に向かった。勘右衛門から、これまで通り髪結いに来てほしいと頼まれたのだ。いちいち、田上の仏頂面《ぶっちょうづら》を拝むのはうっとうしいが、それくらいは眼をつむればいいことだ。

相変わらず竹屋の前には男らが多数いる。それでも、お鈴が傷つけられた当初に比べると、随分と減った。男たちは店の中を、首を伸ばして覗《のぞ》いている。そのまえに立ちはだかるのは、御番所の捕り方たちだ。ものものしいにもほどがある。

ふと、竹屋の向かいにある舛田屋に眼を向けて、驚いた。大戸が下ろされたままだった。

たった二日で、一体、なにが起きたのだろう。

隠居所にいたお鈴は、竹屋に戻されたのか。竹屋に佐竹が来ていれば、なにかわかるか。竹屋に行くか、舛田屋を訪ねるか、新次郎は思案していたが、やはり舛田屋が先だろうと、大戸に設《しつら》えてある潜《くぐ》り戸を叩《たた》こうと腰を屈《かが》めたときだ。

「新次郎さん」

美々がこちらに向かって走って来た。黄色の格子柄《こうしがら》の小袖の中に晒《さらし》を巻き、半股引《ももひき》の男姿に往来の人々が眼を奪われる。やっぱり目立ちすぎるなぁと新次郎はのんきに思いながらも、血相を変えて駆けて来る美々に、

「どうしたんだ」

と、声を張る。新次郎の前に来るなり、美々は手を取って引いた。

「大変、大変。大変なんだってば」

「おい、こっちも大変なんだ。舛田屋さんが閉まっているんだよ」

美々は、ちらりと大戸を見て、

「このことと繋《つな》がりがあるかもしれないんだ。兄さんと宝木さんが暁庵《ぎょうあん》って医者の処《ところ》にいるから、早く来てよ」

「医者？　なぜそんな処に。いや、しかし竹屋さんに許しを得ないと。髪結いに行かなけりゃ」

「そんなのあとでもいいでしょう」

竹屋の店先にいまだに集まっている者たちが、美々の大声に振り向いた。

わかった、わかった、と新次郎は逆に美々の手を引いて、歩き出した。歩きながら、新次郎は美々に問い掛ける。

「なにが大変なんだ」

「田上って与力よ。舛田屋さんの大戸が上がっていなかったでしょ。あれは、田上がやったのよ」

「ああ、よくわからねえな。どうして、田上と舛田屋さんが繋がるんだよ」

ちょっと新次郎さん、足が速いよ、もういいでしょう、と美々が文句をいった。新次郎は足を緩《ゆる》めた。美々が新次郎の手を振りほどく。もう痛いったらと、美々は手を振り振り、立ち止まって息を吐く。

「おまえの恰好《かっこう》が目立ちすぎるんだよ。周りがじろじろ見てたじゃねえか」

「そりゃそうだけど、このほうが身軽でいいんだよ。彫りだってしやすいからって幾度もいってるじゃない」

美々が男の恰好をするようになったのは、それだけではない。以前、兄の伊勢蔵が語ったことがある。もちろん美々には内緒にしてくれといわれた。美々と伊勢蔵は歳《とし》の離れた兄妹だ。父親と母親は軽業師《かるわざ》として座を率《ひき》いて諸国を廻っていたが、いつも世話になっていた座元の隠居が、幼かった美々の身体《からだ》を弄《もてあそ》んだ。美々に記憶があるかはわからないと伊勢蔵はいったが、心の奥底には嫌悪するものとして残っていたのだろう。すでに摺師《すりし》として奉公に出た伊勢蔵は、これ以上美々を父母の許に置いていくことが出来なかった。親方に頼み込んで、美々も住込みの奉公人として摺り場に連れて行った。幾枚もの版木を見ていた美々は彫師になりたいといい出した。それから男の恰好になったのだ。

「そんな恰好じゃ嫁にいけなくなるぞ」

「ははん、このほうが楽なんだよ」

そこには、美々の忌まわしい過去の記憶があるのではないかと、伊勢蔵は感じているという。彫り場でも始めのうちは奇異な眼で見られたが、懸命で器用な美々を皆が認めるようになった。

「五歳やそこらのガキだって、きっと妙なことをされたと思っているはずなんだ。そいつを母親が知ったとき、隠居を止めなかった。それどころか、給金があがったと喜んでいたのさ」

旅回りの軽業師として自分たちを育ててくれた両親を責めることが伊勢蔵には出来なかった。ただ、幼い妹を傷つけた隠居はぶっ殺してやりたいと思ったと、悔しげにいった。

以来、両親とは会っていない。恩はあっても、てめえの娘を玩具《おもちゃ》にされたことをなんとも思わなかったことがいまだに許せないといった。

「もういい歳になっているんだろうけどな」

伊勢蔵は、ぽつんと呟いた。

「ねえ、聞いてる？　耳はついてるんでしょ」

美々が、新次郎の耳たぶを引っ張った。

「痛えな」

「だから、田上って与力が店を閉めたのよ。いま、中に奉行所の捕り方がわんさかいるわ」

「舛田屋さんになにかあったのか？」

死んだの、と美々がいった。

「死んだ？　誰が？　おまえのいうことはいつも要領を得ないな。ちゃんと筋道を立ててから話せ」

「だからね」

美々が一度息を吐いて話し始めた。舛田屋の幼馴染みだといっていた家老が江戸に入ってすぐに亡くなったというのだ。その家老は国産会所の江戸開設にあたり、舛田屋の主人である五郎平の長男に多大な便宜をはかり、その際に礼金を得ていたという嫌疑もかけられていた。その真偽を確かめるため、国許から遣わされた目付が家老を大木戸で拘束。江戸上屋敷に連行する途中、突然胸を押さえて苦しみ出し、そのまま上屋敷に到着する前に事切れたという。

さらに、舛田屋の長男の光太郎《こうたろう》も奉行所の吟味を受け、家老との癒着《ゆちやく》を白状し、店屋敷は没収、長男は死罪。妻子は親戚預けとなった。

新次郎は耳を疑った。

「つまり、家老は上屋敷に来る途中で死んで、舛田屋さんの長男は死罪になったというわけかい？」

「早い話がそういうこと」

「それは、大事だな。長男坊が死罪なんてことになれば、江戸店にだって嫌疑がかかってくる。なんたって、五郎平さんとその家老が幼馴染みなんだからな。店を閉めていたのもそのせいか」

「さあね。そこまでは、あたしも知らない。ただ、わかっているのは、田上って与力がその藩の留守居役とべったりだってことだけ」

「藩にしてみたら、上屋敷に入る途中で病死したってのも都合のいい話ではあるな」

「そ。それに国産会所で藩の利益を図ろうとしていた国家老の考えに、江戸藩邸ではいい顔をしてなかったみたいなのよね」

新次郎は、ふうん、と細い顎を撫《な》でる。五郎平がいっていたこととは随分と齟《そ》齬《ご》がある。

藩を挙げての大事業とまでは行かないにしても、国許の名産品を江戸で売って利を少しでも出すことが出来れば、御の字ではないか。

藩士の俸禄を減らし、年貢を上げ、商人から冥加金《みようがきん》を取る藩などいくらでもある。しかし、国産会所となれば、産物を作る者も利が得られ、さらに藩にも直《じか》に金子《きんす》が入る。悪い策ではないと思うが、むろん何事かを始める際には、揉めることもある。失敗した場合の責を負うのは誰かなど、諸手《もろて》を上げ、皆が賛同するほうがむしろ薄気味悪い。

反対派が出るのは当然のことだ。

しかし、国産会所開設の眼前まで漕《こ》ぎつけて、その先頭に立っていた国家老が死んだとなれば、反対派は万万歳だ。ましてや、一商人との癒着も疑われての事。それも事実として、商人も死罪となったいま、国産会所の開設は頓挫《とんざ》するに違いない。

だが、家老と長男の死を知り、五郎平は大丈夫だろうか。

「死人に口なし、ってことか」

新次郎は呟いた。

「なによそれ?」と、美々が不服そうな顔を向けてきた。

「国産会所の開設に反対していた奴は誰だって話だな」

うーんと、新次郎は歩きながら、はっとした。

「なあ、美々、その話なんだが、いやに詳しくねえか。誰から聞きつけた?」

美々は、ぎょっとした顔をする。

「伊勢蔵さんと宝木さんだけじゃねえだろう？」

「――じつは小間物屋。上屋敷の台所女中相手に出入りしていたの。そいつが、おしゃべりの女中から訊《き》き出したみたいよ」

美々はきまり悪そうにいった。

はあん、と新次郎は顎を上げて、美々を見る。

小間物屋の理吉か。

「だぁって、あの小間物屋を仲間に引き入れるって、新次郎さん、いってたじゃない」

「こっちの素性は明かしたのか？」

まだ、と美々は首を横に振ったが、

「店が終わってから『根津美』に来てっていっておいた」

「随分と手回しがいいこった。ま、藩邸お出入りの小間物屋なら、さまざまな噂《うわさ》も握っているだろうから、こっちとしても助かるが。果たして、理吉がどう出て来るかな」

おれたちの裏の稼業を知ったとき――。

「ちょっと、新次郎さん、どっち行くのよ、こっちこっち」

美々が袂《たもと》を引いた。

「暁庵先生の処っていったでしょう。どこ行くつもりなのよ」

新次郎はむっとして、「なんで暁庵先生なんだよ」と立ち止まった。

「舛田屋の番頭さんが大怪我《けが》して上屋敷から追い出されたのよ。それを宝木さんと兄さんがお医者に運んだの」

「それを早くいいやがれっ」

「あたし、先にいったわよっ！　勝手にちゃっちゃと歩いて行っちゃうほうが悪いのよ」

新次郎は、もういいとばかりに身を翻《ひるがえ》して、いま来た道を少し戻って、路地に入った。

暁庵などと名乗っているが、元は池沢三太郎《いけざわさんたろう》という武家の三男坊だ。武家にはよくあることだが大事なのは嫡男《ちやくなん》で、次男三男は御家存続のための備えのようなものだ。嫡男が無事に育って、家督を継げる歳になれば、よくて婿養子、悪くて一生嫁取りも出来ず長男の世話になる部屋住み。中には暁庵のように医者や学者、あるいは絵師やら別の職に就くこともある。暁庵は、自分の実家の敷地を診療所にして、長男へは律儀に地代を払っているという。若いが長崎《ながさき》帰りの蘭方医《らんぽうい》に学んだというだけあって、漢蘭《かんらん》、二つの診立《みた》てが出来るので、結構、繁盛《はんじょう》している。時々、宝木が顔を出している剣術道場にも近いせいか、打ち身やねん挫で訪れる者もある。それもあって、宝木がここに茂作を連れて来たのだろう。

「番頭って、茂作さんのことか？」

家老に会うという日の朝、舛田屋の髪を結ったときに、供について来ていた老《ろう》爺《や》だ。

新次郎は、美々に訊ねながら、診療所と看板の打ち付けてある粗末《そまつ》な木戸を開けた。

「あたしは名までは知らないけど、結構なお爺《じい》さんよ」

茂作さんんだ。どこまで酷いことをされたのだろう。

「先生」

新次郎が訪《おとな》いを入れると、宝木が腰高障子《こしだかしょうじ》を開け、ぬっと顔を出した。

「宝木さん。茂作さんの怪我の具合は？」

宝木が息を吐き、眉をひそめた。

「舛田屋の番頭と自ら名乗ったのでな、やはり新次郎どのも知っておったか。まったく、あの藩の奴らは武士とは名ばかりのならず者だ。反吐《へど》が出る。許してはおけぬ」

普段は感情を露《あらわ》にしない宝木が憤慨《ふんがい》していた。それもそのはずで、茂作は、胸や腰の骨が折られているばかりか、顔も片目が開かないほどに腫《は》れ上がっているという。話すのもやっとで、いままで痛みを訴えていたが、暁庵の痛み止めの薬が効いたのか、ようやく眠ったらしい。

「手向かいも出来ぬ老人相手にこのような狼藉《ろうぜき》を働いた者たちを、いまから乗り込んで懲《こ》らしめなければ気が済まぬ」

「こら、静かにせぬか。宝木どの。それより」

暁庵が声を低くしていった。

「舛田屋さんへこのこと、お伝えしていただきたいのだが」

新次郎を見ながらいった。

「いま舛田屋さんは大戸を下ろしております。おそらく、中へは入れてもらえねえと思いますよ」

「しかし、店の番頭がこのような大怪我をしているのですよ。舛田屋の主とて、番頭が戻らぬことを心配しているのではありますまいか」

ううっと呻《うめ》くような声がして、

「無理はしちゃいけねえですよ」

と、伊勢蔵の声がした。

「先生、先生……」

「どうした。なにか伝えたいことがあるのか。どなたか、いますぐ舛田屋さんへ」

「わかった。駄目元で、あたしが行ってくる」

美々が身を翻して、走り出した。

新次郎は暁庵の家に上がり込む。

「茂作さん、おれだ。竹屋さんでお会いした髪結いの新次郎ですよ。わかるかい?」

茂作が首をこくりとさせたが、あらためて酷い様子に眼を疑った。茂作は顔半分を晒で巻かれていたが、眼や額のあたりは血が滲《にじ》んでいた、唇も腫れて、口を開くのすら難儀そうだった。宝木のいうとおりあまりの仕打ちだ。一体、藩邸内でなにがおきていたのか。

「ご、家老は、病、じゃありません」

茂作は息も絶え絶えにやっとのことで、それだけをいった。

「病で亡くなったのではないのか?」

「あや、められ、たので……」

「誰に? 誰に殺されたんだ」

新次郎は身を乗り出して茂作を問い詰めた。茂作の口からひゅうひゅうと息が洩れた。苦悶《くもん》の表情を浮かべて、顔を歪《ゆが》ませる。

「こら。怪我人ですよ。問い詰めたりするのはおやめください」

暁庵が新次郎の間に入り、茂作の脈を取った。

「これ以上、話し掛けるのはおやめください。脈が弱くなっている。いいですか、茂作さん、あなたもです。もう話さずに眠ってください。痛み止めの薬を飲み、今一度ゆっくりと休んでください」

暁庵が新次郎を睨めつけた。新次郎は頷いて、茂作の枕元を離れ、伊勢蔵に目《め》配《くば》せした。

伊勢蔵は茂作を気の毒そうに見つめながら、静かに立ち上がった。

宝木と伊勢蔵、そして新次郎は、一旦、茂作の寝間を出ると、隣室に移った。

百味《ひゃくみ》簞笥《だんす》と薬研《やげん》、壁には人の身体の中身を描いた絵が貼られていた。吊《つ》った棚には異国の薬なのか硝子瓶《ガラスびん》が並んでいた。

「美々からあらかた聞いたんだが、どうも要領を得ねえんで、もう一度聞かせてくれるか」

伊勢蔵が、低い声で話を始めた。

「あっしと宝木さんは、与力の田上を追って寄糸藩の上屋敷の周囲を探っておりました」

すると、幾日か前に粗末な駕籠《かご》を数人の侍が囲むように裏門につけ、駕籠が止まった瞬間、中からごろと人が転《ころ》がり落ちたのを、藩邸に出入りをしている棒手《ぼて》振《ふ》りが見たというのだ。

棒手振りは急いで壁の陰に隠れ、恐る恐る覗いていると駕籠から転がり落ちた者を二、三人がかりで慌てて引きずり出して、藩邸内へ運んでいったらしい。棒手振りは、おそらくひどく酔っぱらっていたのであろうと思い直すことにした。それでも、運ばれて行った男がぴくりとも動かなかったのだけが気になったらしい。ただ、暗がりだったので、ちゃんと見た訳ではないと、面倒はごめんだとばかりに立ち去ったという。

「それが家老だったようだ」

「ようだ、というのは？」

新次郎が宝木に訊ねた。

「番頭だ。五郎平とともに、高輪まで迎えに出ていたのだ。五郎平が店に戻ってしまった後、番頭は家老と供の姿を見ている。声を掛けようとしたが、家老らの前に藩士らしい者が現れ、料理屋に入ってしまったそうだ」

それで、番頭は一旦諦《あきら》め、その報告を舛田屋の主にした。だが、いくら待っても舛田屋に文《ふみ》ひとつ来ない。やはり迎えに来た江戸藩邸の者たちと上屋敷に向かったのであろうと、あらためて舛田屋側から、挨拶に番頭が出向いたが、ああした仕打ちになったという。門から、ぼろでも投げるように追い出されたところを救い、急ぎ、暁庵の許に連れて来たのだ。

「美々がいっていたのは、どうなんだ。小間物屋の理吉の話だ」

「あれは、美々がたまたま聞きつけた話だ」

伊勢蔵がぼそりといった。

「美々は、根津美に理吉を呼んだというじゃないか」

「余計なことしやがって」

美々の兄である伊勢蔵は口許を曲げる。

「いや、それは構わないさ。理吉がなぜ寄糸藩の内情を探るような真似《まね》をしていたかは、わからないが、奴の持っている話がまことだとすれば、かなり藩の内部はやっかいなことになっているということだ」

新次郎は、眉を寄せた。

「おれたちが、ここにいつまでいても役には立たねえ。ここは、美々に任せて、一旦根津美に戻ろう」

竹屋には、のっぴきならない事があって行けなかったと、文を出しておこう。あごつきの客は逃せない。

新次郎と伊勢蔵、宝木は三人で歩き出したが、大きな通りに出ると、

「新次郎さん、おれはこっちから行くよ。皆一緒に根津美に行くのもおかしなもんだ」

伊勢蔵はいった。

「わかった。頃合いをはかって、根津美に来てくれ」

伊勢蔵は頷くと、新次郎と宝木とは、逆の方向へと身を翻した。

両国橋を渡り、根津美まであとわずかというところで、「よう、新次郎さん」

と聞き慣れた声が飛んで来た。振り返るのも億劫《おっくう》だったが、声の主はわかっていた。番付屋の辰造だ。にやにやと下卑た笑みをうかべている。その辰造の背後には、種取りの公太《こうた》がやはりこちらを嫌な目付きで窺うように見ていた。

「このところ、静かじゃねえか。裏の仕事はもうやめたのかい？　こちらとしちゃ、同業が少ねえのは助かるからよ。それに、あんまり地味なのは流行《はや》らねえよ。この間の孝行番付も、辛気《しんき》臭いのなんのって。気取っててんじゃねえよ」

皮肉っぽい物言いで辰造がいった。新次郎が出す番付は、さほどに当たりはしないし、書画文人番付、講釈師番付など堅いものも多いが、それなりに客はついている。

宝木が新次郎よりも先に動いた。

「お主、版元の美濃屋と結んで出した、番付が元でなにが起きたのか承知しておろうな？」

辰造は額にある黒子《ほくろ》に触れて、さあと首を傾げた。

「竹屋のお鈴が襲われたのは、あの美人番付のせいだとは思わぬのか？」

宝木が声を荒らげると、辰造はわざとらしく肩をすぼめた。

「番付はあくまでも番付でやしょ」

庶民はさまざまな見立番付を見て、なにが流行って、なにが人気なのかを知るのが楽しみなんだとうそぶいた。

「こちとら、ちゃあんと苦労を重ねて種取りをして、噂を拾い集めて番付を作ってるんだ。ほうと感心する奴もいりゃあ、気にかけねえ者もいる。あっしらは番付を作っているだけで、人の手に渡った後のことまで考えていたら、なんにも出来ねえ」

「お主、本気でいうておるのか？」

「いわせていただきますがね、お侍さま。見立番付ってのは、人の興味を惹《ひ》き付けるのが肝要。いちいち責を負うことまで心配していたら、出せねえよ」

と、辰造が凄《すご》んだ。

「悪人番付としやしょうか。悪人番付は、面白可笑《おもしろおか》しいから出すわけじゃねえ。むしろ逆だ。世の中にはこんなに悪い奴がいるんだと、知らしめるためだ。気をつけろって示すことだって出来まさ。けど、人の中には、そうした悪人の仕業を真似したがる大馬鹿者もいる。そういうおかしな奴らにまで、気を遣っちゃいられねえ」

宝木は、むっと口許を引き結んだ。

「ひと言もありませんか、お侍さま。小町番付が売れたのが、そんなに悔しいかね？　新次郎さん」

新次郎は、ただ辰造を睨めつけただけだった。

「まあ、小結の娘が襲われたってのは気の毒だとは思いますがね。じゃ、あっしらは種取りの途中なんで、これで失礼しますよ。行くぞ、公太」

へい、と公太が応じると、辰造がにんまり笑いながら宝木を見て、踵《きびす》を返した。

「おい、辰造」

新次郎が呼び止める。

「大関が美濃屋の妾と、おまえの妹ならなにがあってもこっちにゃかかわりねえが、竹屋の娘は素人だ。竹屋を見たかえ。あれじゃ見世物だ」

振り向いた辰造が、うるさそうな顔を向ける。

「美濃屋は版元だ。小町番付大関の一枚摺りが絵双紙屋に並べば、銭も入ってくる。おめえのおかちめんこな妹も錦絵になりゃ、少しはましなご面相になる。絵師は版元から頼まれりゃ、どんな醜女《しこめ》でも、いくらでもいい女に描いてくれるだろうからな」

「新次郎、てめえ、おれの妹にケチをつける気かよ」

「さあな、あんたの妹が小町番付の大関になって心底喜んでいるなら、兄妹揃《そろ》ってめでてえ話だがな」

要は、兄貴の金儲《かねもう》けの片棒担《かたぼうかつ》いだだけだ、と言い捨てた。

「つまんねえ小細工をするなってことだ。見立番付ってのは、人の興味を惹き付けるのが肝要だと、おめえはいった。それは正しい。けどな、おれはそれだけに、見立番付にでたらめは持ち込みたくねえ。嘘や偽りで、順番をつけりゃ番付の意味がねえだろうが」

「きれいごといってんじゃねえよ。こちとら、こいつで飯食ってるんだ。面白《おもしれ》え番付作らなきゃ誰も買っちゃくれねえんだよ」

「おめえの妹を大関にすることが面白えことか？　美濃屋の妾もよ。それで銭になれば満足か。もっとも」

美濃屋の後ろ盾もなくしたくないものな、隠れ蓑《みの》は必要だ、と新次郎がいうと、宝木がなるほどと、手を打った。

「美濃屋が隠れ蓑。みの違いだが、面白い」

「くだらねえこといいなさんな」

辰造が呆れた。

「ところでよぉ、ときどき妙な番付が出るのを知っているか？」

「妙な番付、それだけじゃなんともわからねえな」

新次郎が応えた。

「てめえで悪党といって思い出したんだがな、いつだったか、馬鹿番付だよ」

さあ、と新次郎は首を捻《ひね》った。

「大名の下屋敷の賭場で損する馬鹿とか、七割り水の酒を売る馬鹿酒屋とか、枡《ます》を微妙に小さくする米問屋の馬鹿とかよ、そういうのを並べてあった。ほとんどが御番所じゃ、手をつけねえ、せこい悪さを暴いている奴だ」

「へえ、そいつは楽しい。辰造さんじゃねえのか、あんた、元は手先だったから、出来そうだ」

新次郎の言葉に、むっと辰造が唇を歪めた。辰造は、若い頃、南町奉行所の定《じょう》町廻《まちまわ》りの手先を勤めていた。しかし、半ば脅しのようにして、商家から小遣い銭を得ていたのが噂になり、自ら身を引《い》いた。その後、昔取った杵柄《きねづか》ではないが、手先として市中を駆け回っていたのを活かして辰造は番付屋を始めたのだ。その頃に出逢《であ》った小悪党や香具師《やし》などと、いまも交流を続け、町の風聞や種取りに役立てている。

　種取りを主にしている公太も元はそうした小悪党のひとりで、小さな盗みを見逃してやった事から、辰造の元で働いている。美濃屋とも、手先時代に知り合ったらしい。

「手先だったらどうしたというんだい？　昔のことに文句をつける気か」

　辰造が嚙《か》みついてきた。新次郎は、滅相《めっそう》もないと、笑みを浮かべた。番付屋にとっては色々な世界に通じているほうが得だ。

「ただ、田上という与力について知っていたら教えていただきたいんですがね」

　ふと、辰造は眉をひそめ、舌打ちした。

「胸くそ悪ぃ名を出すんじゃねえよ。あいつはな、北の御番所の屑《くず》だ」

　ほう、と新次郎は吐き捨てるようにいった辰造を見つめた。

「あまりよくねえお人かい？」

　辰造は表情を強張《こわば》らせ、右の上腕あたりをさすった。口を開きかけたが、急に首を横に振る。

「はん、番付屋ならてめえで調べろ。ただ、気をつけるこったな。あいつは、役人を笠《かさ》に着た本物の屑だ。おれが、商家から銭を得ていた以上のことを平気な顔でしてやがる。ち、胸が悪くならぁ。公太、もたもたすんな。おめえがのろまだから、こんな奴にみょうな事を訊かれたんだ」

辰造は公太に当たり散らし、身を返す。早足で歩き出した辰造の後を公太が慌てて追った。

なんのためにおれに声を掛けて来やがったんだか。次の番付を出すにあたり、同業に探りを入れようと思っていたのだろう。まあ、それでもこっちは役に立った。それにしても、あの辰造が屑だというのだ。与力の田上は、やはり胡散臭《うさんくさ》い奴だということが知れた。寄糸藩に出入りしているというのも、叩けばいくらでも埃《ほこり》が出そうではある。

「相変わらず、嫌みな奴だ」

宝木が辰造と公太の去って行く姿を眼で追いながら、吐き捨てた。

三

『根津美』に着くと、すでに理吉が来ていた。

小上がりに座って、飯を食っている。壁際には小間物が入った引き出しを包んだ風呂敷包みが置かれていた。

「理吉さん。久方ぶりだ。お待たせしてしまいましたかね」

「なに、あっしのほうが早く来ちまっただけでさ。ここの飯が美味かったもので」

おりんが、板場からちろりを膳に載せて出てきた。

「ありがとうございます。どうぞご贔屓に。うちの常連たちは、美味い不味《まず》いもいわなくなって久しいから、そういってもらえると作った甲斐《かい》もあるわね」

新次郎をおりんがちらと横目で見る。

「悪かったよ。文句もいわずに食ってるのは美味いからだよ。まったくおりんさんは所帯をもったばかりの女房の愚痴みたいなこといいやがるな」

「あら、新さんこそ、おかみさんもいないのによくいうわね」

新次郎は、それを聞き流して、小上がりに上がった。

理吉が箸を止めて、新次郎へ視線を向ける。新次郎は理吉の前に座るなり、口を開いた。

「ここに出入りしている美々って娘から、店に来るようにいわれたんだろう？」

「美々さんというんですかい、あの娘さんは。男の形をしていたんで、初めは戸惑いましたよ」

「あいつは彫師なんだ。あの恰好のほうが仕事がしやすいんだそうだ」

理吉が眼を丸くした。女子の彫師と聞いて驚いたのだろう。そこに立っている浪人さんは、筆耕《ひっこう》を生業《なりわい》にしているのは前にもいったろう、というと理吉は頷いた。

「これからやって来るのが、伊勢蔵っていう渡りの摺師《すりし》だ。そして、おれは廻り髪結い」

理吉が困惑げに眉をひそめ、「彫師に筆耕、摺師……」と呟く。新次郎のいわんとしていることが、なんとなくわかってきたようだ。

「ここの女将《おかみ》おりんさんは、おれたちに二階を貸してくれている」

新次郎はおもむろに立ち上がり、理吉を見下ろした。理吉は少し残った飯とお菜をかき込むようにして食った。

「おりんさん」

新次郎は指先で上を差した。おりんは、おさえに「提灯《ちょうちん》を表に出しておくれ」といった。

おさえは、返事をするとすぐに板場の奥に入っていく。

新次郎は、理吉を促した。理吉が小上がりから下りると、その背後に宝木がついた。理吉は、新次郎と宝木のふたりにはさまれて階段を上がるのを躊躇《ちゅうちょ》した。不安げな顔をする。

「なにも取って食おうというわけじゃない。ただ、話をしたいだけだ」

宝木が低い声でいった。

理吉はちらちらと、宝木へ首を回しつつ、階段を上がりきったところで、はっとした顔をした。彫り台、摺り台、版木などが座敷の隅《すみ》に置かれている。

「わかったかい？」

新次郎が訊ねると、理吉が頰をぴくぴくと動かした。

「あんたら、瓦版屋かい？」

宝木が首を横に振る。

「番付屋だよ」

理吉は、眼の玉を引ん剝《む》いて新次郎を見つめた。

「ただ、悪いが、おまえさんの探している梅屋さんの番付を出したのは、おれたちじゃない。そこんとこははっきりいっておく。変に疑われたり、恨まれたりするのは嫌だからな」

「なぜ、おれをここに連れて来たんだ」

まあ、座れよと新次郎は笑いかけた。宝木がまず腰を下ろすと、理吉は戸惑いつつも、新次郎へ強い視線を放ちながら、座った。

「早速だが、正直なところをまず聞かせてもらいてえ。梅屋の前であんたを助けたときの日の事だ。なぜ、おれを尾《つ》けたか知りてえ。ただ、礼がしたかったわけじゃねえだろう？」

　理吉は唇を噛み締めた。宝木は大刀を抱え、じっと理吉を見ている。新次郎が息を吐いた。

「おりんさんに酒肴《しゅこう》を頼んでくる」と、新次郎が膝を立てたとき、理吉がぼそりと呟いた。

「新次郎さん、あんた、御番所の同心となあなあだっただろう。だから小者かなんかだと思ったんだ」

　ほう、と宝木が眼を見開き、「佐竹さんの小者か、こいつはいい」と、くくっと含み笑いをする。理吉は、むっとした表情をする。

「すまんすまん。佐竹の旦那はここの常連でもあってな。女将のおりんさんにほの字なんだよ。新次郎さんとも、浅い仲ではないことはたしかだがな」

「宝木さん」

　新次郎が咎《とが》めるような物言いをした。

「まず、いっておくが、おれは佐竹の旦那の小者じゃない。おれはおれで、髪結いをやりながら、番付屋をやっている」

　理吉はなおも不可解な顔つきをした。いきなり、美々に呼び出され、おれたちは番付屋だといわれても、困惑するしかないだろう。

「はっきりいうが、おれたちの仲間にならねえか？」

　理吉が、えっと聞き返してきた。

「どうしたわけでそうなるんですかい？　おれは梅屋さんの仇《かたき》を探している。梅屋さんを追い込んだのが、番付屋だと知れているからだ。そのおれが、どうして番付屋にならなきゃならねえのか、わかりませんよ」

「ひとりじゃどうにもならねえからだ、と新次郎はいった。番付はどこで誰が出しているのかがわからない。いきなり現れて、売り捌《さば》いて立ち去っていく。むろん、裏にちゃんとした版元をつけた番付屋もいる。そういう奴らは、版元の陰に隠れて、奉行所の眼をかいくぐっている。上手いやり方だ。その代わり、お上に楯《たて》突くような物は一切出さない。辰造のように同業者同士で顔見知りになることはあっても、互いに居処は知らない。どこで番付を摺っているかは、無論《むろん》明かすはずもない。

先日の小町番付は見たか、と新次郎が訊ねた。

理吉が頷く。

「けど、あれも小結の娘が襲われたっていうじゃねえか。襲った奴は捕えられたっていう話だけどよ。番付なんざ、ろくな物じゃねえ。だいたい、順番をつけたところで、なにが変わるっていうんだい？　おれにはちっともわからねえよ。大関になった奴は気分も上々だろうがよ」

吐き捨てるように理吉はいった。

「番付屋を憎んでいようと構わねえさ。正直いっちまえば、おれだって必要かどうかはわからねえ。ただ、町人たちはさまざまなことを知りたがっている」

昔でいえば、「吉原細見《よしわらさいけん》」だってそうだ。吉原の廓《くるわ》、女郎の名を並べたものだ。蔦屋重三郎《つたやじゅうざぶろう》は吉原前の小さな書肆《しょし》が、細見を版行したことで、一躍看板を掲げる版元となった。それは、なぜかといえば、吉原の中を知りたいと思っていた人々の欲求を充分に叶《かな》えたものだったからだ。番付は、たしかに胡散臭いところもある。銭を出して大関の位を買い、自分の店を世間に広めることが出来るからだ。

「けれど、おれたちはおれたちなりの番付を出している。他人が入ることはない。いまいる仲間だけで、種を拾って歩いている。怪しい店や人は、ちゃんと裏を取る」

理吉は、腕を組んで沈思した。

「おまえさんの小間物売りという商いが、おれたちには欲しいんだ。商家はもとより、武家屋敷にも出入りが出来る」

理吉はまだ黙っていた。

「なにもすっかり仲間になれとはいわない。面白い種があったら、分けてくれればいい。もちろんその種賃も出す」

銭金じゃねえ、と理吉がぼそっと呟いた。

「おれは、恩のある梅屋さんを陥れた奴らを捜している。それがあんたらじゃないという証はない。だから、おれは仲間になるのはご免だな」

宝木が、「それは新次郎どのも——」と、いいかけたが、新次郎が首を振ると、口を噤《つぐ》んだ。

「それでいいさ。じゃ、決まりだな。おまえさんの住まいを教えてくれ。なにかあれば繋ぎをつけられるようにな」

「おい勝手に決めるな。おれはあんたたちと一緒にやるのは」

新次郎はにこりと笑った。

「番付屋を探すなら、番付屋とかかわっていたほうがなにかと噂《うわさ》が流れてくる。理吉さんにとっても悪い話じゃない。梅屋さんを陥れたのが番付屋だとわかったときには、勝手に復讐《ふくしゅう》でもなんでもすればいい。おれたちは私怨にまでかかわらねえ」

理吉は、うんと唸って、小さく「わかった」といった。

「よしっ。おりんさんに今度こそ酒肴を頼んでくる」

と、新次郎が立ち上がったとき、伊勢蔵が膳を運んで来た。

「おりんさんが、そろそろ話がついたんじゃねえかとよ。おれに運べって、人使いが荒いぜ」

伊勢蔵がぼそっといった。

夕方からの客が入り始めたのか、階下は次第に賑《にぎ》やかになっていた。

美々が根津美に顔を出したのは、新次郎たちが酒も肴もすべて平らげた後だった。二階へ上がって、空の器をみるなり、文句を垂《た》らした。

「おりんさんに頼めよ。女が食い物のことで騒ぐのはみっともねえぜ」

「大きなお世話。女だってお腹は減るのよ、新次郎さん。それに、今日は随分走り回ったんだから」

美々が、どすんと腰を下ろして胡座をかいた。隣の理吉が思わず眼を瞠《みは》る。

「ああ、やっぱり来てくれたんだ」

美々は、理吉を見て幾分ほっとしたようにいった。

「寄糸藩の藩邸の裏口で、話し掛けたときは、生返事だったもんだから心配してたんだ」

で？　と、美々は身を乗り出し、理吉の顔を覗き込んだが、すぐに身を引いた。

「お酒も呑《の》んだってところをみると、お仲間になったと考えていいわね」

別に仲間になったわけじゃねえ、と理吉が美々から眼をそらすようにいった。

「え？　違うの？　じゃ、あたしたちが番付屋だってことも話してないの？」

伊勢蔵が、舌打ちした。

「おめえは、馬鹿か。てめえから告げてどうするんだよ」

眼と口を大きく開いて、そうか、と美々が慌てた。

「もうちゃんと聞かせていただきましたよ。おれは、この新次郎さんが奉行所の手先だと勘違いしておりまして」

あはは、と美々が腹を抱えて笑った。

「そうだったの？　新次郎さんは手先ってふうじゃないわよ。いつも仏頂面でさ、だいたい人のいうことなんか聞きそうにないもの」

「そりゃ悪かったな」

新次郎が美々を睨めつける。

ほら、ああやってすぐ人を睨《にら》むんだから、と美々がおどけて、理吉の背後に隠れる。

「いい加減にしやがれ。入ってくるなり余計なことばかりしゃべりやがって。それで、五郎平さんの様子は探れたのか」

へへん、あれくらいの塀はなんともないさ、と美々が鼻を鳴らした。が、すぐに顔を引き締めた。

「御番所の捕り方と寄糸藩の連中がお店と母屋を掻《か》き回してた。あたしが縁の下にもぐり込んでいたらさ、声が聞こえてきたのよ。多分、主人の五郎平さんって人と別の人。威張《いば》っててさ、気分が悪かった」

皆が美々の話に耳を傾ける。

五郎平は、長男と家老の癒着などあり得ない、国家老は実直な男だっていったら、そっちの男が、人はわからんといったという。殿の後見を務め、いいように操っていた。我らは、此度《こたび》の国産会所設立の責を負って、隠居を勧めるといった、というのだ。

「そいつは誰だ？」

「五郎平さんは、大和田《おおわだ》さまとかお留守居とか呼んでた」

大和田……。お留守居は留守居役のことか。

「それから、いまの殿さまの隠居後は、養子を迎えて、妹姫と妻合《めあ》わせることにするって」

「なるほど。留守居役なら、どの藩に次男、三男がいるかなど、知っていて当然だ。おそらく、そちらの藩の留守居役とも話をとおしているのかもしれないな」

嫌な話だ、つまりはその養子に自分が藩主にしたと恩を着せるつもりだろう、と宝木が憤《いきどお》り、「これは、御家の乗っ取りだ」と声を荒らげた。

宝木の憤慨はよくわかる。武家の世界は御家が命。しかし、その中では、有象《うぞう》無象《むぞう》が権力を握りたがる。大和田はただの留守居役だ。しかし、城中には必ず供をする役目。藩主を傀儡《かいらい》にすることも可能だ。それには、国家老の失脚にともない、藩主をその座からひきずり下ろすことが必要だったのだろう。なんて奴だ。

「五郎平さんとは、話が出来なかったのか？」

新次郎が訊ねると、あたしを舐《な》めないでよ、と口先を尖《とが》らせた。

「大和田ってのが去った後に、五郎平さんは奥の自室に移されたみたい。廊下には見張りがいたんだけど、すぐに文をしたためて、畳の羽目板の隙間から声を掛けたの」

五郎平は驚いたが新次郎の名を出すと、安心したように耳を畳に当てるように寝転んだ。茂作が怪我をしたことを告げ、家老が毒を盛られた可能性があると告げた。

五郎平は、静かに嗚咽《おえつ》をもらしたと、美々は眉をひそめた。

「そのあと、暁庵先生の処に戻ったの。茂作さんは、なんとか命はとりとめたようよ。だけど、脚の骨も折れてたみたいでね。たぶん、歩くのは難儀になるかもしれないって」

そうか、と誰ともなく呟いた。場が僅《わず》かに沈み込む。

「だとすれば、余計に許せぬな。田上という与力は、それを見逃しているというのか」

「だって、それはお大名家と仲良しなんだもの。揉み消しちゃうに決まっているじゃない。お武家なんて、そんなものでしょう？　都合の悪いことは表には出さない」

　耳が痛いな、と宝木が苦笑する。

　宝木は揉み消される側の人間だ。いつ何時、襲われるやもしれない。常に気を張ってはいるが、どうも太平楽のところがあって、新次郎には心配の種でもある。

「ご苦労だったな美々。助かったよ。色々わかって」と、新次郎が微笑《ほほえ》む。

「でしょう？　だからお腹がすいてるのも当然」

　わかったわかった、小吉さんに頼んで来ようと、兄の伊勢蔵が立ち上がりかけたとき、

「で、理吉さんはなんで、寄糸藩を探るような真似をしていたんだい？」

　新次郎が訊ねた。それは、と理吉がいい淀《よど》む。

「探ってはおりませんよ。ただ、頼み事があるといわれたので、あの日はたまた

ま訪ねたまでです。それにあそこはおれの得意先でもありますから」

頼み事？　皆が理吉の次の言葉を待った。伊勢蔵も座り直した。

理吉の話によれば、上屋敷に住む、留守居役の奥方が、割れた櫛を直せないものかといったらしい。台所女中のいうことには、なるべくこっそり直したいそうで、出来れば出入りの小間物屋に相談してみてくれといっていたというのだ。その出入りの小間物屋が理吉であったというわけだ。

理吉が預かってきた櫛の意匠は、鈴に松だったという。

「ちょっと待て。その櫛、お鈴が銀平からもらったものじゃねえか」

新次郎は色めき立つ。

「鈴に松の意匠の櫛？　ちょっと変わった組み合わせよね？　鈴が、お鈴さんのことだとしても、それがどうしてお鈴さんがもらったものだとわかるのよ」

美々がいうと、

「おれが、竹屋へ髪結いにいった日に銀平は来た。お鈴は最初に会ったときはただの柘植《つげ》の櫛だったが、おれが帰るときには鈴に松の意匠の入った櫛に挿し替えていたんだ」

櫛を挿し変えたのは、おていも目撃していると、新次郎は応えた。そのとき、おていは「よく知りもしない男からもらった櫛を嬉《うれ》しそうに挿したら、勘違いするに決まっている」といっていた。だが、櫛を渡しに来た銀平は、よく知らない男どころか、お鈴の幼馴染みだった。しかも、いま娘たちの視線を一身に浴びている役者の中村香玉もだ。

ぼさっとした男と小町娘、それと歌舞伎役者の女形。不思議な取り合わせだが、こども時分はきっと、さまざまな遊びをしていたのだろう。それを思うと、微笑ましくもある。人生など、どこでどのように道が定まるのかは、自分にもわからない。だが、決して人と同じものはないことだけはたしかだ。

幸も不幸もしれない。一面から見れば、派手な役者稼業もその実、人知れぬ苦労があるのかもしれないし、櫛職人の銀平は、案外楽しく櫛を作っていたとも思える。奉公しながら幼馴染みに作った櫛を贈ることをなにより楽しみにしていたのだろう。

「その櫛を挿していた針稽古の帰りに、お鈴は襲われて、落ちて割れた櫛を持って行かれたんだ」

「ところで、割れた櫛を直すことなんか出来るの？」

理吉は、櫛職人であれば可能だという。

割れた側面に穴を開け、そこにつなぎのための木片をいれて、膠《にかわ》で付けるというのだ。

「一見、わかりませんよ」

ふうん、と美々が感心するように頷いた。そういえば、香玉も銀平から櫛を贈られたと、お鈴が話していたのを思い出した。

と、理吉が、その櫛なら預かって来たといった。

「それを早くいいやがれ」

思わず新次郎は声を荒らげた。理吉は、口許を曲げて、

「そんな櫛だなんて、おれは知りませんでしたからね。帰り道に懇意にしている櫛職人のところに直しをお願いしてきましたよ。三日後の朝までに直してくれるなら、一両くれると先方さんがいうんですから。大切な物なんだろうと思っていただけで」

新次郎を強く見据えた。

「まあ、少し落ち着いたらどうだ、新次郎どの」

宝木が新次郎の肩を叩く。

「けど、わかりませんねぇ。なぜそんなに懸命になっているんです？　番付屋の

仕事じゃねえ。これは、御番所のやることだ」

理吉が皮肉っぽくいった。新次郎が押し黙る。

「なんというかな、新次郎どのは、あごつきの商家の娘さんが襲われたのだ」

宝木がいい辛《づら》そうにいう。

理吉は、へんと嘲《あざけ》るように「恩を売りてえってわけか」と、吐き捨てた。

「そこまでにしときな、若ぇの」

伊勢蔵が理吉を睨む。

「そんな小せえことに、新次郎さんはこだわっちゃいねえ。番付屋が引き起こした不始末を収めてえと思っていなさるんだ。こいつが、おれたちのやり方なんだよ」

理吉は伊勢蔵を見返したが、すぐに視線をそらした。

「なんだか、わからねえが番付屋の意地みてえなもんかい？　ほかの番付屋が仕出かした尻拭いもするのか。妙だな、あんたら」

「妙でもいいいさ。おまえさんだって、番付屋を恨んでいるはずだ。梅屋さんの一件でな。おれたちは、そういう番付屋も番付も気に食わねえだけさ」

新次郎は眼を伏せる。自分自身もそうだからだ。父親と兄は番付のせいで踊らされ、結句、死罪になった。その恨みは忘れようとしても忘れられるはずがない。

「三日後、かぁ」と、美々が考え込むように呟いた。

四

「どうしたんだ？」

伊勢蔵が訊ねると、美々が、三日後っていうのが引っ掛かるのだという。思い出せないのかと、伊勢蔵が再び問うと、なんだったかなあと美々は腕を組んで首を傾《かし》げた。

「しょうのない奴だな」

ま、ともかくおれに裏の稼業を明かしてくれたことだけは礼をいいます、と理吉が立ち上がった。

「おい、おれたちの仲間にはならんというのか？」

宝木が眉間に皺《しわ》を寄せた。

「おれは梅屋さんに恩義があります。店を潰され、大切な人を失った。それも番付っていうい加減なものでね。許せるわけがねえ。そんなおれが番付屋の仲間になるなら、死んだ梅屋の主人に申し訳が立たねえ」

と、理吉が強い口調でいった。伊勢蔵が口を開く。

「新次郎さんはそれを知っていて、おまえを誘ったんだ。番付屋はおまえが思っているほど少なくはねえんだ。それに、裏に版元や役人がついていることだってある。それをひとりで探ろうなんていうのは土台、無理なことだ」

「無理か、無理じゃねえかはおれが決めることだ」

「その番付屋を見つけて、お主はどうするつもりだ？　下手な復讐ならやめておけ。お主が損をするだけならいいが、梅屋は首を縊《くく》るまでに追い込まれたのだぞ。お主とて、ただでは済むまい。もしも、番付屋の裏で糸を引いている者がいたとしたら、それこそお主も危うい目に遭う」

宝木の忠告に、理吉は小さく舌打ちした。

もういい、と新次郎が口を開いた。

「おれたちは、おまえに稼業を明かした。この摺り場もだ。それは口外してもらっちゃ困る。その約定だけ交わして出て行け。ただし、おまえが持ち込んだという櫛屋だけは教えろ」

理吉は、ふんと鼻を鳴らした。

「三日後にお屋敷へ持って行けば、一両になるしろものだ。職人に手間賃をはずんでもいい稼ぎになる。かすめとられちゃたまらねえから、教えられねえな」

「おい、若ぇの。口の利き方に気をつけやがれ」

伊勢蔵が理吉を見上げて、低い声でいった。

「脅しかい？　さすがは番付屋だな。そうやって人を脅したり、怖がらせたりして、話を作っているんじゃねえのか」

「いわせておけばいい気になりやがって。おれたちの番付はな」

宝木が、横に置いていた大刀を立てて、どんと畳の上に打ち鳴らした。

「伊勢蔵さん。行かせてやろう。こいつにはこいつなりの恨みがある。おれたちはそこまでかかわってはいられぬからな」

すいやせん、と伊勢蔵が頭を下げた。

理吉が皆を見回し、ひと睨みしてから、階段を下りようとしたとき、小吉が上がってきた。

「出来た出来た。ほら、皆さんで食べてくださいよ。舛田屋さんから頂戴《ちょうだい》した干し水菓子ですよ」

小吉は満面の笑みだ。相当自信があるのだろう。帰りかけていた理吉もきっかけを失ったように突っ立っている。

「ほら、そこの人、理吉さんでしたね。座って食してくださいよ」

小吉が皿を差し出した。初めに飛びついたのは美々だった。皿の上に載っていたのは、茶色の筒状の物だった。

「なにこれ？　水菓子なんかどこにもないじゃない」

「ははは、食べてからのお楽しみだよ」

小吉は、皆に皿を回して、ひとつずつ取るようにいった。

少し固めだ。しかもこの茶色のものはなんだろう。新次郎も指で摘《つま》んだものの口に入れるのをためらった。

「では、どうぞ。召し上がってください」

小吉はにこにこしている。

「美味しくなかったら、蹴飛ばすからね」

美々もおっかなびっくり口に入れた。サクリ、と音がした。美々に続いて、宝木や新次郎も口に入れた。伊勢蔵は目蓋《まぶた》を閉じて、小難しい顔で口を動かした。

「美味い」

意外にも最初に声を出したのは、理吉だった。

「これは、そば粉を挽《ひ》いて、作った皮だろう？　なかには白あんと、なんだろう少し酸味のあるものがある」

「それが干した水菓子だ。でもすごいな、そば粉の皮だとよく見抜いたね」

「わかんねえ。なんとなくだ。おれは拾われっ子だったから、親の在所《ざいしょ》も知らねえ。だが懐かしい味がした」

美々がちらりと理吉を見る。拾われっ子という言葉が気になったのだろう。自分の境遇とは違うが親に捨てられたような記憶があるからだ。けれどすぐに、美味しい、と美々が眼を丸くした。顔がほころんでいる。

「美味しいよ、小吉さん。よく考えついたわね」

たしかに、美味い。伊勢蔵も宝木もあっという間に飲み込んだ。

「これで、いけますよ。舛田屋さんが国産会所で売りたかった干し水菓子がこんな料理に化けるんですから。そのまま食べても美味いですが、こうして一工夫すれば、料理屋でも充分通用すると思います」

なるほど。これなら、番付に載せても悪くない。しかし、せっかく載せても、国産会所を推進していた肝心の寄糸藩の国家老が死んでしまっては元も子もない。

「小吉、これをどうするつもりだ？」

「まず、修行した親方の処へ持って行きます。玄人の舌ではまた違うかもしれませんから。親方は、芝居茶屋の『花鳥《かちょう》』の女将とも知り合いなので、もし、お墨付きをいただければ、そちらにも持って行くつもりです」

美々がくいと眉を上げた。

「ねえ、小吉さん。いま花鳥っていったわよね」

「ああ、猿若《さるわか》町の芝居茶屋だよ、それがどうかしたかい」

美々が頭を抱えて、嫌々をするように振った。

「ああ、なんで思い出せなかったんだろう。花鳥よ、花鳥だってば」

「うるせえな。そこがどうしたんだよ」、と伊勢蔵が怒鳴った。

「三日後、花鳥に寄糸藩の藩主のご生母さまと留守居役の奥方が来るのよ」

喚《わめ》く美々に苦い顔をしていた新次郎が色めき立つ。

「なぜ、わかったんだ？」

「それぞれのお店のとっておきの料理を聞いて回ってたとき、猿若町にも行ったの。あそこは役者も住んでいるし、贔屓もたくさん集まるでしょう？　料理屋も贅沢《ぜいたく》なんだろうって鼻を利かせたの」

ごたくはいいから早くいえ、と伊勢蔵がむすっとした顔でいう。

「いいでしょ少しぐらい。だから花鳥にも行ったのよ。そしたら、そこの仲居がきゃあきゃあ騒ぎながら話しているのが聞こえちゃったわけ。しかも、その芝居茶屋に呼ぶ役者は、なんと！」

「中村香玉か」

なんで先にいうのよ、新次郎さん、と美々が膨れっ面をした。

「つまり、藩主の生母と留守居役の奥方は、その中村なんとかっていう役者の贔屓というわけだな」

宝木が、ふむと唸った。

芝居がはねたあと、贔屓筋が芝居茶屋に役者を呼んで労をねぎらうことがある。それは、役者の後ろ盾であったりすることが多い。役者は普段でも衣裳《いしょう》やらなにやら銭がかかる。座頭《ざがしら》となれは、芝居小屋を維持するため、興行で損を出さぬよう、芝居小屋同士で、一年間の演目を決める際、いかに人気役者を得ることが出来るか、あるいは上方の役者を呼んだりしての話題作りも考えなければならない。木戸銭だけでは到底間に合わない部分を補ってもらわねばならない。そのため、役者の贔屓や後ろ盾は重要なのだ。後ろ盾の仲立ちで、武家の奥方や商家の娘などからお呼びが掛かれば、いくら芝居後に疲れていようと、笑みを絶やさず宴席に出なければならない。

「で、香玉は、そいつらによく呼ばれているのか？」

新次郎が訊ねると、美々は愛想笑いをして、首を傾げた。

「そこまではわかんない」

伊勢蔵が、舌打ちして、「おめえの足りないところはそこだ。わからねえじゃ困るんだよ。ちゃんと訊き出してこなけりゃな」と、呟いた。

「兄さん、うるさい。あたしはもっとすごいこと聞いたんだから」

美々が片膝を上げて、腕を組んだ。どんな見得《みえ》を切っているのだか、と新次郎は呆れたが、皆、美々の続きの言葉を待った。

美々はひとりひとりの顔を見回すと、得意げに口を開いた。

「その仲居たちにね、役者絵を出してさ。香玉をひと目見たいって頼んだの」

おまえ、まさか、と伊勢蔵が慌てた。

「大丈夫よ。もちろん絵双紙屋では売らない試し摺りを拝借しているだけだから。だって、初摺りの前の試し摺りは二十枚摺るでしょう？　そのときちょっとだけ彫り損じするのよ。それをもらっているだけよ」

「はあ、なんて悪賢《わるがしこ》いアマだ。盗人《ぬすっと》みてえな真似をするんじゃねえよ。職人だろうが」

「やめてよ。彫り損じしたものはちゃんとあたしがきれいに直して摺ってもらうんだから、親方だって文句はいわないわよ」

「そのうち知れたら、大事になるぞ」

しれっとした美々の物言いに、伊勢蔵の声が高くなる。

「まあまあ、兄妹喧嘩は後にしてくれ。美々どのも、苦労して種を拾っているのだ」

「そうよ。宝木さんは苦労人だから話がわかるわねぇ。そこいくと兄さんはいつも頭がかたいんだから。だいたい番付屋って裏の稼業を持っているんだから、少しは柔らかくしたほうがいいわよ。今回の一件にしたって、番付が絡んじゃったのよ。楽しい読物なのに、楽しくなくなるじゃない」

「わかったよ。さっさと続きを話せ」

「その日は、夜の出番がないから、七ツ（午後四時頃）には花鳥に来るそうよ」

伊勢蔵はすっかりつむじを曲げて、美々の話を黙って聞いていた。

仲居たちの話では、香玉は表通りを歩かずに裏口から入るという。娘はいうに及ばず、若い男にも人気がある香玉が通りを行けば、騒ぎになるのは必至。迷惑になるということらしい。

香玉香だの、髪に挿している蜻蛉玉《とんぼだま》の簪《かんざし》も、香玉と名をつければ飛ぶように売れる。むろん、錦絵もだ。

そうした役者であるから、表の通りが歩けないというのはまことのことなのだろう。

「そんなに人気があるのねぇ」

おりんが感心する。それが、お鈴の幼馴染みだというのだから、おりんは二度驚いていた。香玉の挿している櫛が欲しくなる気持ちもわからなくはない。好きな役者が身につけている物なら、同じ物が欲しいと思うのは贔屓の心情としては当然だ。

だが、この櫛は銀平がつくった物であって、店には卸《おろ》されていない品物だ。

「もともとは、父親が芝居小屋の道具役だったそうよ。いつも舞台の袖で、香玉はお芝居を観ていて、いつの間にか、踊りも所作も、台詞《セリフ》も頭に入っていたってわけよ。その才に気づいた小屋主が大部屋役者にしたんだって」

腰元役で舞台に大部屋役者がずらりと並び、ひと言、ふた言台詞をいうが、そうした中で、台詞がなくても群を抜いて輝いていたという。だから、香玉という名になったらしい。

「しかしなぁ、花鳥に来るとわかっていても、どうにも出来やしないな」

小吉がぽつんといった。

「まさか、この新しい菓子を楽屋に持っていっても、入れてはくれないだろうし」

お鈴に頼めば、幼馴染みだからなんとかなるかもしれない。ましてや、香玉にとっても、銀平は幼馴染みなのだ。お鈴を襲うなどということはないと香玉も思っているだろう。お鈴も銀平を助けて欲しいといっていたのだ。お鈴から香玉につなぎをとってもらうか、と思ったとき、ええと、と伊勢蔵が遠慮がちに前に進み出た。

「その役者は、どこの芝居小屋に出ておりますか？」

「美々、どうだ？」

「ええと、おりんさん、おさえちゃんがこの間、観にいったはずよね」

「そうそう、すごくきれいだったって、ぽうっとしていたからね。たしか『森田《もりた》座《ざ》』じゃなかったかな」

ならば、と伊勢蔵がぼそりといった。

「なによ兄さん、さっさといいなさいよ」

美々がしびれを切らしたように伊勢蔵に食ってかかる。ったく、うるせえ小娘だな、とぶつぶついってから、伊勢蔵がちょいとばかりおれの流儀に反しますが、とひと言付け加えた。

「版元の『永楽堂《えいらくどう》』さんが香玉の後ろ盾になっております」

「えっ。なんでいまさら。早くいわなかったのよ？　話がもっと進んだじゃない。その人にいえば、香玉の楽屋に入れてもらえるのに。皆で頭捻《ひね》ることなかったじゃない」

美々が兄を詰《なじ》ると、馬鹿野郎と伊勢蔵が怒鳴った。

「裏の仕事で、表の仕事のお人を利用出来るかってんだ。だから黙ってたんだ。許してくだせえ」

伊勢蔵が皆に頭を下げた。

宝木はそれを見て、感じ入ったのか、

「なにも詫《わ》びることはない。伊勢蔵さんにとっては、表の稼業も大切なものだ。

表で世話になっているお方をこっちに引き込むのは、職人としての仁義が許さないのだろう。わかるぞ、わかる」

舛田屋の番頭への乱暴狼藉を思うと、武士でいることが恥ずかしい、と宝木がいった。

「まったくなっとらん！」

「まあ、宝木さん、その怒りはそのまま筆耕で頼みますよ」

「新次郎どの、まさか、この一件を番付にするつもりか？」

そのつもりです、と新次郎がにっと笑った。

「諸国の名産番付は、やろうと思えばいつでも出来る。もう少し種取りに時をかけてもいいと思う。けれど、この一件に関しては、このままなし崩しにしてはいけねえ」

「同感だ」

と、宝木が頷いた。

「やっぱり、こうなると思ったんだ」と、美々が呆れて息を吐く。

「おい、おれはどうすればいいんだよ。え？　話を聞いてても訳わかんねえことばっかりだ。あんたたちは、なにをしようとしているんだ？　ただの番付屋じゃねえのか」

　理吉が喚《わめ》いた。

「そこらの番付屋となにも変わらねえよ。ただ、扱う事がちょっとばかり違うかもしれないけどな」

　新次郎が答えると、理吉がむっと顎を引いた。

「さて、伊勢蔵さん、悪いが永楽堂さんに話を通してもらえるかな。ただ、その訳が必要だな」

「ええ。それでしたら、おりんさんをお借りします」

　え？　あたし、とおりんが眼をしばたたく。

「香玉贔屓として、会っていただきますので」

「やだぁ、困っちまうわね、今をときめく役者に会えるなんて夢のようだわ」

　なに、赤くなってんだよ、大年増《おおどしま》が、と新次郎が悪態をつくと、これでもあたし目当てに通ってくる客は大勢いるんだから、とおりんはつんと顎を上げた。

　理吉が、肩を震わせ始め、含み笑いを洩らした。

「なんて馬鹿らしいんだ。充分わかりましたよ。あなたたちが梅屋さんを陥れた番付屋だとは到底思えない。まるまる信じた訳じゃねえが、ちっとばかり試してみたくなった」

直した櫛はこちらにお持ちいたします、と理吉が歯を覗かせた。三日目の朝に取りに行くという約束になっておりますのでといいつつ、訊ねてきた。

「ですが、それをなにに使うつもりですか?」

「壊れていない香玉の櫛を代わりに渡す。生母か留守居役の奥方が意気揚々と必必ず髪に挿してくる。この世に、お鈴と香玉しか持っていない、二枚しかねえ櫛をな。あっちはそのことを知らないはずだ」

新次郎も、さも可笑《おか》しそうに口許を緩めた。

第五章　手締め

一

　翌日、同心の佐竹が『根津美』に顔を出した。

「あら、佐竹の旦那、お久しぶりでございます」

　おりんが早速、愛想笑いを向けると、佐竹は大刀を腰から抜き取り、小上がりに上がった。

「今日は佐竹さまの大好きな女将《おかみ》さんの煮魚がありますよ」

　おさえが、盆で口許《くちもと》を隠しながら、うふふと笑う。

　佐竹が、なんだその言い方は、とぶつくさいった。

「それでは、わしがおりんさんを好いているような物言いだな。おりんさんは余計だ。わしの好きな煮魚と飯だ」

「はあーい、それとお味噌《みそ》汁と沢庵《たくあん》のお香香《こうこう》ですね」

おう、と佐竹が答えた。

「お忙しかったのでしょう？　竹屋さんの一件で」

板場からおりんが声を掛ける。佐竹がおりんの声を聞き、わざわざ仏頂面《ぶつちようづら》をした。

「まあ、そんなところだ。上役が急に入って来る、襲った奴《やつ》を捕えたはいいが、だんまりの上、ほっとけといわれておる。なにがなんだかさっぱりだ」

やれやれ、と佐竹は息を吐く。

たかが、といっては竹屋の娘御に申し訳が立たぬが、わずかな傷と、盗《と》られたのは櫛《くし》一枚。なにゆえ、ここまで長引かせるのか、与力どのの気が知れん、とぼやいた。

「あらあら、お役人さまが、町場の飯屋でそんなことをおっしゃってよろしいのですか？　与力さまが聞いたら怒鳴《どな》られますよ」

「構うものか。竹屋はわしが見廻《まわ》っておる。そこに、いつの間にやら入り込み
……」

「お袖《そで》の中が、ちょっとお寒くなりましたか？」

「これこれ、おりんさん。そうはっきりいっては困るな」

きょとんとした顔をしたおさえが、袖が寒いってどういう意味ですか、佐竹さまと訊《たず》ねる。

「おさえちゃんはまだわからなくていいことだ」

「どうせ、竹屋さんからの目こぼし料のことでしょ」

と、おさえはくるりと背を向け、板場に向かった。

「知っているなら、訊《き》くんじゃない。まったくいまの娘っ子は可愛《かわい》げがないな」

佐竹がぼやきながら、羽織を脱ぐと、

「可愛げがなくて、あいすみません」

おさえが膳を乱暴に置いた。

「おさえちゃん、佐竹さまに失礼でしょ」

「ああ、おりんさん、気にしなくてもいいぞ。おさえ坊とは昔から犬猿の仲だ」

「あら、そんなこともありませんでしょう？　けんかするほど仲がいいともいいますから」

おさえが、もう女将さんたら、と文句を垂《た》れた。

「だって佐竹さんはいまだにおさえ坊なんて呼ぶんだもの。あたしもう十四よ」

「はっは、そりゃ悪かったなぁ」

佐竹が早速、煮魚に箸《はし》をつけ、満足そうに首を縦に振る。甘すぎず、辛すぎず、この塩梅《あんばい》が丁度いい、と佐竹はご満悦だ。おりんが佐竹に銚子《ちょうし》と猪口《ちょこ》を運ぶ。

「頼んでいないぞ」

「いいえ、お役目でお疲れでしょうから、少しだけ。おさえちゃんもご無礼いたしましたしね。佐竹さまはお優しいから、皆がお武家だってこと忘れちゃうんですね」

「褒《ほ》めてるのかな、それとも役人として頼りなく思われておるのかな」

おりんは、まあまあ、と笑みをこぼす。

「もちろん、褒めているに決まっているじゃないですか。でも竹屋さんもいつまでもお気の毒ですね。お嬢さんもさほどの怪我《けが》でもなかったのだし、なにか別のことで探索されているのかしら」

佐竹が、ぴくりと眉を動かした。

「いやいや、お鈴見たさに男どもがまだ集まっておるのでな。その整理に駆り出されているだけよ。そのうえ、この頃は、娘たちも増えたのだ。なぜだかは知らんが」

その娘たちは、お鈴を恨んでいるというか、小町娘がなんだとばかりに、罵声《ばせい》を上げている者もいるという。

「そうなんですか。見世物になっているようでお可哀想《かわいそう》に」

まったくだよ、おりんさん、と佐竹は飯を頰張《ほおば》りながら、

「舛田屋も気の毒でならない。なにが国許で起きたのかは知らんが、唐丸籠《とうまるかご》に乗せられて上屋敷まで連れて行かれたんだからな」

え？　舛田屋さんが、とおりんが眼を丸くする。

「ああ、そうなんだ。寄糸藩から急に唐丸籠が店の前に着いたかと思うと、五郎平が引きずり出されて来てな、縄をかけられ駕籠に押し込められた。そのあと、舛田屋に寄糸藩の連中が入り込んでな。なにかを探しているようだ」

佐竹は、わざわざ大声でいった。二階に新次郎がいることに気づいているのだろう。

「それに、面白いことがわかったぞ。捕まった銀平の妹がなんと、上役の田上の処《ところ》で武家奉公をしているという噂《うわさ》だ」

おりんも、佐竹につられてか大声を出す。

「銀平さんって、梅屋さんの一件でお縄になったお人じゃないですか」

「そうだよ。だから与力どのは、銀平を乱暴に扱うなといっているのだろう。自分のところに奉公している娘の兄が罪を犯したとなればな」

「どこかの縁談が反古《ほご》になるという話ですかい？」

新次郎が二階から首だけを覗《のぞ》かせた。

「ふん、やっぱりいやがった。おめえはいつも二階でなにをこそこそやってるんだよ」

「なにもしちゃいねえですよ。次の客の処へ行くまで、休ませてもらっているだけでさ。けどどうしておれがいるかもしれねえとわかったんで？」

下駄《げた》だ、と佐竹がいった。

「おめえは、いつも鼻緒を派手なものにしてやがるからな」

「はは、さすがは定町《じょうまち》廻りさまだ」

馬鹿にされたと思ったのか、佐竹がむすっとして、「下りて来い。飯に付き合え」と怒鳴った。

「おりんさん、新次郎は悪さをしてねえだろうな」

と、少しばかり小声で訊ねた。

「あら嫌だ。なにをおっしゃっているんですか？　あたしと新次郎さん？」

「いや、そのなんだ」と、佐竹はしどろもどろになっている。

と、おりんは佐竹の肩をぽんと軽く叩《たた》いた。

「上は、弟の小吉の寝所ですよ」

佐竹が、なに？　と眼をぱちくりさせた。

「あたしは、小吉が戻ってからは近くに長屋を借りているんですよ。さすがに姉弟とはいえ、互いにいい歳《とし》ですからね。別に暮らしたほうがいいと思って。お話ししていませんでしたっけ？」

「なんだそうか、そうだったのか」

佐竹は妙に安心した顔つきで飯を食い始め、新次郎が渋い顔つきで小上がりに上がると、箸の先を上下に動かした。座れということらしい。

新次郎は、おさえに茶をくれといった。

「いや、酒にしろ。付き合え。もう今日は屋敷に帰るだけだからな。非番でも駆り出されて、明日は休めとようやく与力どのにいわれたのだ」

「そいつはお疲れさまでした」

「心にもないことをいうな」

佐竹は沢庵をがりがりと嚙《か》んだ。

「おまえ、なにをしているか、おれに教えろ」

佐竹がいった。

「おれにとっちゃあごつき先の娘さんが襲われたんですよ。心配になるじゃありませんか。だから、お鈴さんを慰《なぐさ》めたこともありますが」

と、いってから、新次郎は佐竹に訊ねた。

「舛田屋さんの隠居部屋に、お鈴さんがいたはずですが、それはどうなったんでしょう？」

佐竹が、軽く笑った。

「その話をおまえから聞かされてな、あの娘はおれの妹の嫁ぎ先に移した」

新次郎が眼を剝《む》いた。

「なにゆえ、そのようなことを」

「竹屋の主人の許しは得ている。危ないからだよ。与力さまは、寄糸藩に出入りをしている。舛田屋はもともとそこの出だ。寄糸藩が国産会所を作るという話は知っているか？」

「それは、竹屋さんを訪れた舛田屋さんから伺いました」

佐竹は、飯を食い終わると、おさえに楊枝《ようじ》をくれといった。

おさえが、楊枝と銚子とを一緒に運んできた。食べ終えた膳を素早く片付け、新たな膳を置いた。うどのぬたの小鉢、竹の子の煮物が並んでいる。

「これは頼んでいないぞ、おさえ坊」

「女将さんから、どうぞって」

「ありがたいな。春がそのまま膳に載っているようだ」

「佐竹さんが洒落《しやれ》たこといってる」

おさえがからかうと、佐竹は口許を歪《ゆが》めて、これでも俳諧《はいかい》の会にいるのだぞと返した。

本気でいった佐竹の言葉を、おさえはさらっと聞き流し、どうぞごゆっくりと板場へと去って行く。

まことに、このごろの娘は生意気だと、ぶつぶついっていた佐竹だったが、新次郎が猪口に酒を注《つ》ぐと、一気に呑《の》み干し、「久しぶりの都鳥だ」とひと言いって江戸の者は江戸の酒を呑むものだ、と息を吐いた。

「おっと、話がそれたな。娘を移したのは、他の娘たちから守るためだ」

「お話がよくわかりませんが」

櫛、だよ、と佐竹が猪口を差し出してきた。新次郎は酒を注ぎながら、鈴に松の意匠の入った櫛のことか、と佐竹を窺《うかが》う。

「それと同じ櫛を、いま人気の中村なんとかってのが町を歩くときに必ず挿《さ》しているらしい。それで、やっかみがお鈴に向けられているんだ。もしかしたら、ふたりが相思相愛なのじゃないかってな」

香玉の櫛を探して騒ぎになっているとは聞いていたが、まさかそんなことにまで話が大袈裟《おおげさ》になっていようとは。誰が気づいたものか。

「瓦版屋が書き立てたんだよ。ほれ」

と、佐竹はがさがさと袂《たもと》から瓦版を出した。

人気役者の中村香玉と、小町番付の小結お鈴は相思相愛。仲良く、同じ意匠の櫛を髪に挿している、どの櫛屋にも小間物屋にもない櫛。ふたりが揃って誂《あつら》えたものに相違ない、とだらだら書いてある。

「まあ、竹屋に集まっている男どもの中に、瓦版屋がいたのかもしれねえな。櫛の意匠をたしかめるためにな。それでよ、そいつを読んだ娘たちが、怒って殺到しているというわけだ。出てきて話をしろだの、香玉との仲はどうなんだと、ぎゃあぎゃあ、からすの鳴き声のごとく叫んでいる」

　舛田屋は向かいにある。そんな様子を見ていたら、お鈴は正直に話せばわかってもらえると思ったらしい。舛田屋の五郎平が止めるのも聞かずに、お鈴が出ようとした途端《とたん》、大勢の娘たちに囲まれ、小袖は破られ、しかも髪に挿した櫛の意匠が違っていると、皆が怒り出した。お鈴を店の中に連れ戻したのが、佐竹だったという。そのため、その夜、震えるお鈴を連れて、妹の処へ送り届けたというのだ。

「人が怖いといって、いまは与えた部屋にほとんどこもりっ放しだ」

　まさか、自分の作った二枚の櫛がそんな騒動を引き起こすとは、銀平はまったく予想していなかったろう。

「でも、お鈴さんがそこにいるなら安堵《あんど》しました。ところで、佐竹さま。銀平さんはどうなりましたか？」

「ああ、寄せ場送りになった」

「寄せ場送り？」

　さほどの事件でもない、盗まれたのも櫛のみ。銀平は、筋付をなくしたといっているが、落としていったのはたしかに自分の物だと認めた。だが、そこまでで、銀平はそれから、まただんまりを続け、奉行がとうとうしびれをきらし、寄せ場送りにしたのだという。

「田上は猛反対した。勝手に想いを募らせた上に相手の娘の顔を傷つけるなど、他の者も真似《まね》しかねない悪行だと、な」

新次郎が、ふんと鼻を鳴らした。

「ところが、数日してコロリと田上は態度を変えた。さすがはお奉行さまだとな。若い者が寛大な御処置で、立ち直ることもまま ありましょうだとよ」

「なんだか、妙な話ですね。寄せ場なら自分の得意な物を作ることも可能だ。銀平だったら、櫛でしょうね。それも温情ですかね」

田上の温情など、聞いたことがないな、と佐竹がぽつりといった。

「しかし、舛田屋さんはなぜ藩邸に連れて行かれたのですか？」

急に佐竹が真顔になった。

「同僚から聞いた話によれば、国家老に毒を盛ったという嫌疑だ」

と、声をひそめた。客はもう他にはいない。板場に、おりんとおさえがいるが、声はそこまで届かない。

まさか、と新次郎が呟《つぶや》いた。

「そのまさかなんだよ。理由なんざなんでもいいんだ。罪人にするのが目的ならな。おまえ、国許の店を息子が仕切っていたのを知っているか。そいつは、国家老との癒着《ゆちゃく》が発覚して死罪になった。財産もすべて没収だ。それと、寄糸藩は、国産会所を開くにあたり、三万両もの支度金を国許の舛田屋から借りている。その金子《きんす》の行方も知れない。借用書もない」

家老が懐《ふところ》にいれたのではないか、江戸の舛田屋に送金しているのではないかと藩邸も国許も大騒ぎだというのだ。

「待ってくださいよ。藩邸に送られたのではないのですか？」

「そうではないらしい。江戸藩邸には、国産会所に強く反対を唱えている留守居役の一派がおるからな」

そんな奴らに、支度金を預けられないと、国家老は思っていたのか。そこまで江戸藩邸の者たちを信用出来ないのは、よほどなにかあるに違いない。

「では、国許にあるのでは？」

「それはない。国許にも反対派の息がかかっている者らがいるからな」

と、佐竹はあっさりいった。

「おそらく江戸藩邸の者は、金子の行方を懸命に探しておるのだろうよ。我が与力どのも含めてな。舛田屋を戸閉《とじめ》にしたのも、そのせいだ」

そうか。番頭の茂作をあそこまで痛めつけたのは、その金子のありかを訊き出すためだったのだ。たぶん茂作は知らなかったのだろう。いや、知っていてもいうまいと、痛めつけられても堪え抜いたのかもしれない。となると、知っているのは、国家老と、死罪になった舛田屋の息子、そして、舛田屋五郎平の三人だということか。そのうちのふたりは死んでいる。あと、口を割らせるのは五郎平ひとりしかいないと踏んだのだろう。

佐竹が懐から紙を取り出し、新次郎に差し出した。

新次郎は、眼を疑った。

「この金の流れは、なんですか。料理屋、芝居茶屋、吉原、呉服商、それに書画骨董《こっとう》……」

くくっ、と佐竹が笑う。

「与力どのと寄糸藩留守居役どのの遊興費といってもよかろうなぁ」

店の名、費《つい》え、がすべて記されていた。

新次郎はぞっとした。佐竹は昼行灯《あんどん》などではない。ともすると、定町廻りだけでなくなにか別の役も兼任しているのかもしれない。だとしたら、なんだ。

佐竹は新次郎の手から、さっと紙を取り上げた。

「面白いだろう。それに留守居役はどの藩でもそうだが、留守居役組合にも入っている。その金の使い道の荒さは知っているだろう?」

留守居役は、諸藩との繋《つな》ぎ役のようなものだ。互いに連携して、情報を交換し合う外交の役割を持っている。留守居役同士で廻り状を回し、どこそこの藩に祝い事があれば、前例に則《のっと》って祝儀を出し、不幸があれば、やはりこれまでの先例を用いる。藩主の登城の際にも供をして、ときおり変わる席次を間違えないように促す。

そのため、留守居役たちは、定例の会を開いて、情報のやり取りにも余念がない。しかし、大きな料理茶屋で修業していた小吉は、「まともな会合なんざ、嘘《うそ》っぱちだ」と、一蹴する。その料理屋でも定例会がひらかれていたが、留守居役たちが集まると、芸者、幇間《ほうかん》を呼び、およそ、真面目な会合とは思えないほどの乱痴気騒ぎ。もっとも、金を落としていく上客であるから、料理茶屋のほうも心得ていて、それぞれの留守居役が好みそうな芸妓《げいぎ》を頼むのだそうだ。

「それになぁ、あすこの藩主はまだ十七と若い。国家老が後見をしていたが、もしいなくなったとなれば、はてどうなることか。それに、大和田っていうお留守居役はどうもくせ者だな。江戸家老とは通じ合っているようだが、それもわからん」

と、佐竹が急に腰を上げた。

「飯も食ったし、屋敷に戻るか」

佐竹は、なんのためにこれだけの情報を教えてくれたのか。奉行所内部の不始末は内部で揉《も》み消したいはずだ。にもかかわらず、与力の田上と寄糸藩留守居役との繋がりを教えてくれた。ただの町人のおれに、一体なにをさせたいのか――もしかすると、おれたちが番付屋だということにも、とうに気づいているのかもしれない。

大刀を腰に差し込み、小上がりを下りる際、新次郎はその背に声を掛けた。

「佐竹さま」

振り向いた佐竹が、ふと思い出したというふうにいった。

「新次郎。例の小間物屋とはその後なにかあったか?」

「なにかあったかとは、なんでしょう」

新次郎は佐竹を用心深く見る。

「じつはなぁ、おまえから教えられた慈照寺の件だ。賭場が開かれているといったろう」

「それがどうかしましたか」

「面白いことがわかったぜ。捕り方が踏み込んで、捕まえた中に梅屋がらみの者がいたぜ」

新次郎は眼を瞠《みは》る。

聞けば、梅屋の元手代らしい。掛取り金を着服したが、店を辞めさせられただけで済まされた。着服した金子は病の妹のために使われていたが、結局、妹は死んでしまったという。それを知った主人は、手代を気の毒に思い、金子は給金から少しずつ返すようにと、再び雇い入れた。が、妹が死んだのは、医者代が足りなかったせいだと、梅屋を逆恨みした。

「そんなのは、勝手すぎまさ。だいたい金子を盗んだ奴に情けを掛けてやったものを」

新次郎が声を荒らげると、板場のおりんがちらと顔を向けた。が、新次郎と佐竹の様子を見て、おさえに買い物に行くよう告げる。

「そこに番付が出て、梅屋は大繁盛《はんじよう》だ。化粧品を買い求めにくる娘と病で死んだ自分の妹が重なったのだそうだ。自分の妹は娘らしい暮らしも出来ず、白粉《おしろい》も紅もせず死んでいった。それが、悔しくて漆《うるし》を入れたのだとよ」

漆は店に並んでいる品だけに入れられたので、廻りの小間物売りの手には渡らなかったということだ。

「だとしても、梅屋の旦那にはかかわりのねえことだったじゃねえですか」

「そういうことだな。ま、おまえがもし、あの小間物売りとつなぎが付けられるなら、報《しら》せてやんな。梅屋に落ち度はなかったとな。もちろん番付にも、な」

佐竹が、にっと笑った。

「まあ、慈照寺の賭場には人相書きが出回っている悪党も出入りしていてな。そっちもお縄に出来た。お前のおかげだ」

「では、佐竹さまのお手柄に？」

「はは、若い定町廻りにやらせた。お奉行から褒美《ほうび》が出たようだ。じゃあな」

相変わらずだ、と新次郎は心のうちで笑う。

佐竹が去った後、老武士が縄のれんをくぐって入って来た。いつもの顔だ。脇差一本にカルサンを着けている。供はひとり、老武士とは離れ、控えるように腰掛けに座った。

「おいでなさいまし」

おさえが早速、板場から出てくる。

「いつものを頼むよ」

優しい声音でいうと、にこりと笑って、おさえの尻を撫《な》でた。

「きゃあ」と、おさえが悲鳴を上げる。老武士は、ほっほっと含んだような笑い声を洩らした。

「すまんすまん、これなら、子どももたくさん産めそうじゃなと思ってな」

「お武家さま」

都鳥を入れた銚子を運んできたおりんがきりりとした眼で老武士を睨《にら》んだ。

「うちのおさえは、まだ十四の娘です。品のない悪戯《いたずら》はおやめくださいませ」

と、老武士の横に乱暴に膳を置いた。

「左門之助《さもんのすけ》。女将に叱《しか》られてしまったぞ」

「あたりまえです」

供は、にべもなくいった。

「こうして町場の居酒屋に出入りをしていることさえ奥方に知れたら、大変なのですぞ。少しはお控えくだされ」

うーむ、と老武士はどこか得心がいかぬというような顔つきをしていたが、都鳥を口にすると、途端《とたん》に相好《そうごう》を崩した。

「やはり、美味《うま》いのう」

新次郎は、身分もあり、節度のあるご仁《じん》だと思っていたが、そうではないらしい。人は見かけに寄らないというが、まことのようだ。

さて、どうしたらよいものか、と新次郎は残った酒を呑みながら思案した。

いつものように、一合呑み終えると、名残り惜しげな表情で老武士は立ち上がる。

供が縄のれんを上げ、老武士がくぐろうとしたとき、ふと新次郎へ顔を向けた。

「なにか？」

「いや、今日はいつもの浪人さんと一緒ではないのかと思ってね」

「おれたちは、ここの常連というだけですので、いつもというわけではございません」

「なるほど、そうか。しかし春はいい。これから陽《ひ》も長くなる。夜が短くなれば、妙な奴らも出にくいだろうて。ほっほ」

それでも夜道は気をつけなされよ、では左門之助、参ろうか、そういうと根津美を出た。

　初めて口を利いた。不思議な爺《じい》さんだ。

「ああもう嫌。あんなお方だったなんて。女将さん、あたし、お尻触られた」

　おさえが涙ぐんでいる。

「泣くんじゃないよ。大丈夫、あたしが怒っといたから」

「小吉さんだって、触ってくれたことないのに」と、ぽつんとおさえがいった。

　おりんが、「なにかいった？」と訊くと、なんでもありません、とおさえは怒っているのやら、悲しんでいるのやら、複雑な顔をして老武士の膳を片付け始めた。

二

　その夜、番付屋の面々が二階に集《つど》った。理吉は来ていない。

　美々が、はいこれね、と風呂敷包みをどさっと皆の輪の真ん中に置いた。

「古着屋と鬘《かつら》屋で借りて来たんだ。重かったんだから、感謝してよ」

　美々が結び目を解《ほど》き、風呂敷を広げると、女物の派手な衣裳《いしょう》と半纏《はんてん》に股引《ももひ》き、そして鬘が現れた。

「おれが、ほんとうに香玉に化けるのか？」

「だって、相手は殿さまのご生母と留守居役の奥方よ。必ず、供侍がついて来ているはずだから、本人にこんなことやらせる訳にはいかないといったのは、新次郎さんだよ」

だとしてもなぁ、化粧してもばれるような気がする、と新次郎は急に尻込みした。

「大丈夫よ。これこれ」

美々が女形《おやま》の鬘を手に取った。額の部分を覆うように、紫色の縮緬《ちりめん》の帽子がついている。「これで、顔の半分まではいかないけど、眉を剃《そ》ることもないし、隠せるから」

おりんは、先から、くすくす笑っている。喜ばれてもこっちが困る。

「それと、宝木さんは月代《さかやき》をきれいに剃って、羽織袴《はおりはかま》に着替えて。万が一のためだけど」

うむ、と宝木は頷《うなず》いたが、新次郎をちらと見て、やはり笑いを堪《こら》えるように、口許に手を当てた。

くそっ、みんなで楽しんでいやがるのが癪《しやく》に障るが、この際だ。

「歩き方だけは気をつけてね。裾捌《すそさば》きもきれいにね。まあ、俯《うつむ》いて、声も裏返しにすれば大丈夫よ」

おりんがいう。裏声まで使うのか。ますます面倒だ。

「で、永楽堂さんの都合は」

「承知してくれましたよ。丁度明日、香玉の錦絵を版行するので、芝居を絵師に観《み》せることになっていたそうで。昼の芝居がはねた後、おりんさんを連れて行こうといっていましたよ」

と伊勢蔵が応えた。

「じゃあ、本当にあたしが香玉と、この話をしなけりゃいけない訳ね」

「そうなります」

「姉さん、大丈夫かい？」

小吉がからかうようにいう。

おりんは、あたしも番付屋の仲間なんだから、ちゃんと話を付けてくるわよ、と小吉に向かって、ぴしゃりといった。

森田座の中二階に女形の楽屋がある。香玉も部屋持ちだ。大部屋役者からしたら大出世どころの騒ぎではない。それだけ座頭の期待も大きいということだ。

次の日、永楽堂の主人の後について、おりんがしずしずと歩く。永楽堂はでっぷりした還暦《かんれき》の男で、血色もよく、厚い唇もてかてかしている。おりんは、こういう男が大嫌いだ。自分は金持ちで、地位もあり、文人墨客に知り合いも多く、自分でも画《え》を描くのだと、自慢が着物を着て歩いているような男だ。嫌だが、香玉に会うためにはしかたがない。おりんはいつもよりも上等な着物に身を包み、化粧も念入りにしている。

「これは、永楽堂さん」

香玉は、まだ化粧も鬘も取っていなかったが、衣裳を脱ぎ、間着《あいぎ》を肩まで下ろしてくつろいでいた。白粉は胸の辺りまで塗られている。

「本日のお芝居もようございました。これを皆さんでと、こちらのお贔屓《ひいき》が」

と、永楽堂が角樽《つのだる》を置いた。

おりんは、悔しいけどきれいだとため息を吐く。

「姐《ねえ》さん、まあ、そう堅くならずに。ありがとうございます。遠慮なくいただきます」

香玉はきさくに応じた。

あの、とおりんが間着のほつれを見つけたというふうに、香玉に近寄ると、

「銀平さんを助けとうございます。お鈴さまからの頼まれ事です。どうかお力を」とすばやく耳許で囁《ささや》き、袂《たもと》に文を差し込む。

「あら、すみません。あたしの勘違いのようでした。御髪《おぐし》が一本、ついていましたけれど」

「おやおや、おりんさん。香玉の髪の毛なら、一両、いや二両でも売れるよ」

と、軽口を叩いて、永楽堂は突き出た腹を揺らして笑った。

香玉は、おりんの唐突な囁きにもまったく動じず、承知したというように微笑《ほほえ》んだ。

おりんは、その柔らかい笑みを向けられ頭の芯がぼうっとした。きれいな男というのは、本当に魂を抜くような気品と気魄《きはく》を持っているのだと感心した。

「お邪魔さまでございました」

「もう、いいんですか？　せっかくの香玉さんだというのに」

おりんは力なく笑って、眼を宙に浮かせた。

「なにやら、香玉さんの気に当てられてしまったようで、くらくらして」

「これはいけませんなぁ」

永楽堂はおりんの身体《からだ》を支えた。

「絵師はもう充分描かせていただきました。つぎには下絵をお持ちいたします」

「姐さん、よかったらまた遊びに来てくださいよ」

「ありがとうございます」

永楽堂とともに、おりんは楽屋を出た。

礼をいい、おりんはすぐその場を離れたかったが、永楽堂がどこかで休んだほうがいいとしつこくいってきた。啖呵《たんか》のひとつも切ってやりたいが伊勢蔵の表の仕事の版元だ。そうもいかない。

「ねえ、おりんさん、どこで料理屋をやっているのだね。ぜひ伺いたいよ」

「弟とふたりでやっている店ですから、大きな版元さんが来るような処ではありませんよ」

永楽堂はまだおりんの腰を抱いていた。

「もう大丈夫でございますよ。ありがとうございました。やはり香玉ですね」

「ああ、いまや若手の役者では一番人気。しかし、おりんさんも美しい。今度、錦絵にしたいものですな」

あら、こんな年増《としま》の錦絵では買う人などおりません、とおりんはさりげなく永楽堂の手を握り、やんわりと離した。

「本日は本当にありがとうございました。また、機会がございましたらぜひ」

ああ、と永楽堂は拒《こば》まれたことに気づいたのか、あからさまに残念そうな顔をした。

おりんは、永楽堂をその場に残し、「ごきげんよう」と頭を下げると、さっさと歩いた。

猿若町には、役者の住まいと、もちろん芝居小屋、そして茶屋もそば屋も絵双紙屋もある。おりんは、怒りにまかせてずんずん歩くと、新次郎たちと下見がてら待ち合わせていた料理屋にするりと入った。その隣が、明日、寄糸藩の殿さまの生母と留守居役の奥方が現れる芝居茶屋だ。座敷に通されたその途端、

「伊勢蔵さん、あんな助平な親爺《おやじ》なら先にいってよ。具合が悪いっていったら、あたしの腰から尻のあたりまで撫で回してんのよ。ああ、腹が立つったら。あたしはそんなに軽い女じゃないわよ！」

頭から湯気が立つくらいに憤《いきどお》っていた。

「すいやせん、おりんさん。なんというか先に助平なんていったら、受けてくれなかったでしょうし」

「錦絵にしたいですって。調子いいったらないわ。版元ってのはそうやって女をくどくのね。きっと、美人画の豊国《とよくに》に描かせましょうとかいうんでしょうよ。あぁ、むしゃくしゃする」

と、おりんはでん、と腰を下ろした。新次郎は背を丸め、くすくす笑っている。

「笑わないでよ！　もう！」

一夜限りとはいえ、身体を重ねた仲だ。おりんが怒るのも、喚《わめ》くのも楽しくてしようがない。しかし、おりんには、男がいないのだろうか、とちょっとばかり新次郎は気になるときもある。

「で、当のご本人はどうだったの、おりんさん」

美々が興味津々で近寄ってくる。すると、怒っていたおりんが打って変わってとろんとした目付きになり、両の手を胸のあたりで組んだ。

「あんなきれいな男はいないわね。でも、女じゃないのよ。どこかに男が隠れてる。それがたまらなかったわ」

「いいなぁ、あたしも行きたかった。でも、信じていいのかな？　文だけで動いてくれるかしら」

「ちゃんと銀平さんとお鈴さんの名もいったから。それに香玉さんなら大丈夫」

おりんが自信ありげにいった。

と、その時、香玉からの使いが包みを持って訪ねて来た。


当日の朝、果たして理吉はやって来た。香玉から預かった包みを新次郎が渡すと、すぐさま理吉は『根津美』を出る。

六人は急いで支度《したく》に取り掛かった。宝木の頭は当然、新次郎が町人髷《まげ》にした。そして、半纏《はんてん》と小袖に股引きと、町人そのものの姿に変わる。

「ねえ、宝木さん、もう少し目許を優しくしてよ。眼だけが怖いから」

むむ、こうかと目尻を宝木が垂らす。ああ、そんな感じと、美々が手を叩く。

「さて、出来たわよ」

おりんの手に引かれて出てきた新次郎に、伊勢蔵も美々も口をあんぐり開けた。

「これは――驚いた。いや、見事だな」と、宝木が顎を撫でる。

「おれは、どうなったんだ。鏡を見せろ」

「いや、見ないほうがいい。ただ、香玉そっくりだとだけいっておくぞ」

宝木が、惚《ほ》れ惚《ぼ》れするような眼をしているのが、薄気味悪かった。

森田座の裏口に行くと、手拭いを吉原被《よしわらかぶ》りにした男がひとり立っていた。

男が新次郎の姿を見て、「これはまいったな、あたしとそっくりだ」といった。香玉だ。

美々が、男姿もいい、とうっとりしている。おれに似ているのではなかったか、と新次郎は心の内で悪態をついた。

「あたしもお仲間に入れてくれるかい？　もともとあいつらは嫌な客でね。幾度もあたしに色仕掛けをして来ていたのさ。しかも、ふたり一緒に相手をしろとね。春画じゃあるまいし、あたしはそんなことは真っ平ご免被《こうむ》りたいんだ」

「なるほど。ふたりいっぺんとは、なかなか色惚《ぼ》けの大年増ですねぇ」

「新次郎さん、声が低い」と、美々にいわれ、

「色惚けの大年増でござんすねぇ」

新次郎は裏声を使った。

「ああ、その調子その調子」

と、香玉が手を叩いた。自分でも気味が悪いが、皆も笑いを堪えている。新次郎は舌打ちした。

「では行きましょう。いつも座敷は決まっておりますから」

芝居茶屋の勝手口から入ると、仲居たちがぽーっとしている。自分を香玉だと思っているのだから当然なのだが、これまで生きてきて、こんなふうに女子《おなご》から見られたことはついぞなかった。役者というのは、手の届かない憧れであり、舞台という場所で夢を見せてくれる存在なのだろう。同じ人でありながら、舞台に立つ役者は、観る者にとっては夢の住人なのだ。

「失礼いたします」

「おお、来ましたか、香玉。早う早う。菊野《きくの》さまがお待ちかねじゃ」

新次郎の後ろに控えていた香玉がいった。上座にいるのが、寄糸藩の殿さまの生母菊野。その斜めに座っているのが、留守居役大和田賢之介《けんのすけ》の奥方、喜美《きみ》、だと小声でいった。

「菊野さま、喜美さま、本日もお招きいただきまことに恐悦至極にございます。精一杯、努めさせていただきますゆえ、お楽しみくださいませ」

新次郎はただ口を動かすだけで、挨拶《あいさつ》は本物の香玉が述べた。やはり来てくれて助かった。座敷の前廊下には、ふたり供侍が控えていた。

「ささ、入りゃ」

新次郎は立ち上がり、すでに用意されていた膳の前に腰を下ろした。一瞬、喜美が怪訝《けげん》な表情をしたが、すぐに笑みを浮かべた。新次郎は、座り方が乱暴だったかと、肝を冷やす。

すぐさま銚子《ちょうし》を取り、新次郎は生母の菊野の盃に酒を満たした。

「どうぞ、菊野さま」

「どうしたのじゃ？　香玉。声が裏返っておるようだが、大事はないか」

「少々喉を痛めまして、そのせいかと」

新次郎が咳《せ》き込む。

「ああ、これはいけません。喜美、なにか喉によいものは」

「まあ、それでは、菊野さまが口移しにおささを呑ませてはいかがでしょう」

「それはようございますねぇ」

なんなんだこいつらは。まことに色惚け大年増だ。香玉もこれではたまらないだろう。役者の苦労がしのばれる。ちらと首を回すと、後方に控えている香玉は、どうふたりをかわすか楽しみだというような顔をしている。やってられねえ、と新次郎は毒づいた。

さっさと終わりにしてえと思いながら、女ふたりを交互に見つつ、応えた。

「いえ、それには及びません。家伝薬がございますゆえ」

「そんなものより、ねえ」

と、菊野と喜美は顔を見合わせて、くすくす笑いながら頷き合う。

菊野の髪に挿してある櫛。やはり、鈴と松の描かれた櫛だ。

新次郎は、口許に笑みを浮かべた。

「あの菊野さま、その櫛でございますが」

菊野が嬉しそうに身をくねらす。

「気づいてくれたの？　そなたと同じものを誂《あつら》えての」

「おやそうですか。一枚は折れてしまったと耳にしておりましたが」

新次郎はふたりに流し目をくれながら、しれっといいのけた。喜美の顔色が変わる。

「なにをいっているの？　香玉。櫛は誂えたと申したでしょう？」

喜美が訝る眼を向けてきた。

「じゃあ、なぜ、これは割れているんでしょうね」

新次郎は自分の鬢に挿した櫛を取り、割って見せた。

「ひっ」

ふたりが同時に仰《の》け反《ぞ》る。

「なにゆえ、そなたの櫛が折れているのです。喜美、わたくしの櫛は？」

と、菊野が櫛を抜く。

「割れてはおりません」

喜美の顔は蒼白《そうはく》だった。狼狽《ろうばい》しているのがありありとわかる。櫛は、お鈴から取り上げた際、落として割れたのだ。喜美は、幾度も櫛を裏返してはまた戻した。けれど、直した痕跡がまったくない。

「なぜ？」

「なぜというのは、おかしな話でしょう？　おれの手許に割れた櫛があり、そちらの櫛はなんともない。櫛の直し代は一両。こちらの藩からの注文ですよ」

喜美が眼を見開き、「なんのことやら、さっぱり」と、とぼけた。

が、新次郎をしげしげと見つめ、

「そなた、香玉ではなかろう」

帯に手挟《たばさ》んだ懐剣に手を掛けた。

新次郎は、ふっと息を吐き、

「香玉じゃなくて悪かったな、おれは新次郎ってモンだ。ああ、やっと普通の声で話せる」

と、着物の裾をまくり上げ、胡座《あぐら》を組んだ。

「し、痴《し》れ者！」

喜美が叫ぶと、供侍が立ち上がった。それより速く、懐に呑んでいた小刀を宝木がふたりに向けた。供侍は宝木の剣気に押され、動けないでいる。

「こんなところで、切った張ったの騒ぎはご免だ。菊野さま、喜美さま、あたしはこっちですよ」

香玉は吉原被りをはずした。

「香玉！」

喜美が叫んだ。菊野は呆気《あっけ》に取られながら、

「これはなんとしたことじゃ、喜美！」

と、声を張った。

いいかい、おふたりさん、と香玉がじろりと菊野と喜美を見据える。

「その櫛はな、この世に二枚しかねえ櫛だ。誂えるにも、元の櫛がなけりゃ出来ないだろうよ。ただの妬心にかられておれの幼馴染みを襲って奪い取り、しかもその罪をもう一人の幼馴染みになすりつけた。その意匠の意味も知らねえ者が挿

しちゃいけねえんだ」

「そんな証はどこにもないじゃありませんか。お鈴などという女は知りませぬ」

喜美の言葉に、香玉が片頬《かたほお》を上げた。

「おや、あたしは、お鈴と名をいいましたかね、喜美さま？」

し、知りませぬ、と立ち上がり、

「ここまで愚弄されては、武家の面目が立ちませぬ。参りましょう、菊野さま」

そう声を掛けたが、菊野は動かなかった。

「菊野さま！　どうなさったのです」

喜美が声を荒らげた。

「喜美どの、殿さまとして立派に国を治めている我が息を案じつつも、寂しく辛《つら》い日々を送っていたわたくしに、香玉の芝居を観せてくれたことには感謝いたします。けれど、香玉。この櫛の意匠の意味も知らぬ者が挿してはいけないといいましたが、それはなにゆえですか？」

ほう、と新次郎は眼を瞠る。さすがは、殿さまの生母だ。色惚け大年増が急に落ち着きやがった。

「お教えいたしましょう」

香玉は菊野と立ちすくんだままの喜美を見つめて口を開いた。

櫛の意匠の鈴は、お鈴の名、松の意匠は、香玉の実名、松助《まつすけ》の松。そして、鈴が銀色に描かれているのは、銀平の銀。幼馴染み三人の名を入れて作った物だ。

櫛職人として一人前になったとき、初めて作るのは、幼い日の三人を忘れぬようにと願いを込めるのだと、銀平はいったという。

「互いに、別々になっちまったけど、あの頃は楽しかった。お鈴ちゃんが嫁にいっても、松助が千両役者になっても、おれたちはずっと幼馴染みだってこと覚えておいてほしいんだ」

香玉は、銀平からそういわれたのだと話した。

「だから、この世に二枚しかねえ櫛なんだ。それを、割った奴をおれは許さねえ」

香玉は、片膝を立て、食ってかかるように、ふたりを睨みつけた。

菊野が、黙って静かに頭を下げた。喜美はその場にくずおれた。

三

新次郎は、さて仕上げだ、と伊勢蔵、小吉、宝木、美々、おりんの前でいった。

先日、佐竹が差し出した留守居役の大和田と田上が遊興に費《つい》やした店を当たる気でいた。ほとんどが江戸屈指の有名店だ。吉原などは、そこへ行けばいいだけだ。

ただ、心配は舛田屋五郎平だった。藩邸に連れて行かれたまま、まだ戻らない。まさか罪人として本当に処罰されてしまったのか。

いや、それはない。三万両の行方がわかるまでは、五郎平を生かしておくに違いない。ならば、奴らの悪行を暴くのも早めなくてはならない。

「美々、やれるか？」

美々が、そうだなぁと考える。

「舛田屋さんがどこにいるかわかるなら。でも藩邸は広いし」

「生きているかどうかだけでもたしかめたい。やはり理吉に頼むか」

「いいか、五日だ。五日で、奴らを潰す」

新次郎は皆を見回した。

『根津美』の二階は大わらわだった。四日で種を取り、番付を一日で作る。版木は馬連《ばれん》で摺《す》られることで、二千枚で摩耗し始める。摺る枚数は、三千枚だ。

通常、錦絵などは一日二百枚を摺るのが職人の限度だが、墨一色の見立番付ならば、その限りではない。多色摺りの手間がない分、しっかり墨を載せればいいのだ。

なにより、伊勢蔵の仕事は速く、正確だ。だが、それには彫りもたしかでなければならない。

「あたしの彫りを見くびらないでよ。三千、四千だって、大丈夫」

美々はうそぶく。が、その通り美々の彫りは一級品だ。兄妹というだけではないが、彫りと摺りはこのふたりに任《まか》せておけば、なんの心配もいらない。

筆耕の宝木は、もともと手先が器用だ。相撲番付と同じ相撲字といわれる書体をなんなく書く。相撲字は、太く力強い文字だ。

「題は、馬鹿揃でいいな」

新次郎が頷く。

宝木の筆を見ながら、美々は感心していた。

「いつ見ても不思議よね、宝木さんって。箸《はし》も筆も左手だものね」

「はは、左は左で便利なのだ。墨が乾かなくても、どんどん書き進めることが出来るからな」

左利きの武家は利き手を右に直される。刀は左腰でなければならないからだ。右腰に差せば、横並びに歩いても、すれ違っても、鞘《さや》が触れる可能性が大きくなる。

鞘当ては、侍にとっては刀を抜く原因にもなりかねない。

ただ、宝木はその左利きを活《い》かした、突飛な剣技を編み出した。

「それ、上がったぞ、美々！」

宝木が書き上げた文字の版下を美々に渡す。美々は「任せといて」と、すぐさま版下を裏返して版木に貼り付けて彫りを施《ほどこ》す。

「やっぱり宝木さんは字が上手《うま》いよね。彫るのも楽だわ。それにしても、これが出たらどうなるのかな」

「さあてな」

と答えつつ、新次郎はやることがない。宝木のために墨を擦ったり、摺りにかかれば、それを整えるだけだ。

「余計なこと言ってねえで、ちゃっちゃと彫れ」と、伊勢蔵が怒鳴る。

美々が小刀を止めずに、伊勢蔵に舌を突き出した。「あれ？」と、美々の眼が突然見開かれる。

「これなに？　宝木さん。行司がさ、明智光秀《あけちみつひで》なのはわかるけど、興行主の松平鈴之助《まつだいらすずのすけ》って誰よ。こんな悪人いたっけ？　それに興行が卯月《うづき》の三日。で、石川《いしかわ》で興行？　夕の五ツ（午後八時頃）って訳わかんない」

「まあ、いいじゃないか。ちょっとした趣向だ。新次郎どのの案でな」

「ふうん」と、美々は首を傾げながら再び彫りを進める。

階下からは、賑やかな笑声が聞こえてくる。根津美は今夜も繁盛《はんじょう》だ。時折、おりんが客を叱り飛ばしている。呑み過ぎた奴や、他の客に絡む酒癖の悪い奴には遠慮会釈がない。そこがおりんのいいところで、根津美の名物にもなっている。

彫り上がった美々が「はあ」と大きな息を吐いて、その場に仰向《あおむ》けに寝転《ねころ》がった。

「ご苦労さま。おにぎり食べる？」

おにぎり、と聞いて美々が跳ね起きた。おりんがくすくす笑いながら盆を置く。

「店は落ち着いたのかい？」

新次郎が訊ねると、

「そろそろ、町木戸が閉まる頃だからね。店でとぐろ巻かれちゃ敵《かな》わないし、追い出さないとね」

「怖いな、おりんさんは」

新次郎も握り飯に手を伸ばした。

すでに伊勢蔵は摺りに入っている。摺り台は手前が高く、傾斜がついている。そのほうが力を入れやすいからだ。美々の彫った版木に紙を載せる。スッスッと馬連を隅から擦る音がする。

「伊勢蔵さん、明け方までには上がりそうかい？」

「冗談じゃねえよ。丑三《うし》つ刻《どき》（午前二時頃）にはやっつけてやるよ」

伊勢蔵は新次郎を見て、にやりと笑った。

その約定通り、真夜中に見立番付が仕上がった。

「よしっ。美々頼むぜ」

新次郎がごろ寝をしていた美々を叩き起こした。

「手筈《てはず》通り、よろしくな」

美々は眼をこすりながら頷くと、摺り上がったばかりの見立番付を手にした。

「小吉もついて行ってやんな」

「ああ、行ってくるよ、姉さん。美々ちゃん、おれも付き合うぜ」

「うん。小吉さん、お願いね」と、美々は大あくびをした。色気も何もあったもんじゃねえな、と呟いた伊勢蔵が仕事を終えてごろりと横になる。

美々と小吉が階段を下りて行った。


五日めの早朝、美々はいつも通りの男装で、伊勢蔵と小吉は派手な半纏を着け、それぞれ鳥追笠で顔を隠し、両国広小路、下谷《したや》広小路、浅草寺門前の往来に立ち、声を上げる。

「見立番付だよ。一枚四文。当世の馬鹿の番付だ。どうだい、どうだい、買った買った！」

道行く人々が立ち止まり、「馬鹿の番付？」「面白そうじゃねえか」と、わらわら寄って来る。ひとりが「ほら四文だ」と、銭を払い、番付を手にすると、周りの者たちが、覗き込む。

「なんだなんだ、こいつはよ。お武家の馬鹿話じゃねえか。前にも見たことがあるが、こんどはなんだぁ。なになに、勧進元は将軍のご落胤《らくいん》を偽《いつわ》った天一坊《てんいちぼう》で、行司は誰だい？　謀叛《むほん》を起こした明智光秀か。こりゃいいや」

番付を手にした若い男が大声で叫ぶ。

「よう、おれにも見せろや、兄さん」

「勝手に覗き込むんじゃねえよ。四文ぐらい出して買え」

叫んだのは、新次郎だ。両国広小路でサクラの役目だ。

「おい、こっちもくれ」

「おれにもくれよ」

「わはは、東の大関はやっぱり公金使ったお武家の馬鹿だぜ。留守居役？　しょうがねえなぁ」

下谷でも、浅草寺でもある程度売れれば長居は無用だ。次の場所に素早く移動する。小吉は猿若町近くへ、美々は両国橋を渡る。

猿若町近くでは、女子たち、芝居好きが大勢歩いている。

その中で、

「香玉さまの櫛って割られたの？　あたしにも番付ちょうだい」

大声でいったのはおりんだ。

香玉と聞いては、女たちが我も我もと殺到する。小吉の持ち分はあっという間にはけ、その場を急いで離れる。番屋から人が出て来ることになる前に逃げるのだ。

特に、此度《こたび》の見立番付は、武家の所業を暴いたものだ。実名は記されていないが、知る者が読めば、どの藩か特定するのは容易《たやす》い。さらに新次郎たちは、奔《はし》った。

「北町の田上でございます。田上でございます」

田上が寄糸藩上屋敷の潜り戸を拳で力任せに叩く。

門番が潜り戸を開けると、田上は転びそうになりながら、寄糸藩上屋敷に飛び込んだ。

大和田の屋敷前で、「大和田さま、大和田さま」と田上は声が裏返るほどの大声を出す。

「何事だ、騒々しい。田上どの、いかがいたした。出仕前でござる」

大和田はすでに裃《かみしも》を着けた姿で現れた。その後ろには奥方の喜美が両の袂で大刀をうやうやしく持っていた。

「まったく、昨夜は我が藩の屋根に猿が出たと大騒ぎになってな。すばしっこく結局、捕《と》らまえることが出来なんだ」

「猿など、ほうっておけばよろしい。それより、これでございます。この番付にお目を」

「番付だと？　町人のくだらぬ遊びではないか。なになに、馬鹿揃となな――」

番付を眼で追う大和田の顔から、次第に血の気が引き始める。

「な、なんだこれは。西の大関は、藩の重臣殺す馬鹿、小結は藩の公金漁《あさ》る馬鹿、前頭筆頭は……罪なき者を陥れる馬鹿」

番付を持つ大和田の手に力がこもる。

「どうなさいました、殿さま」

「刀を寄越《よこ》せ。これを見よ」

大和田は、喜美に番付を乱暴に手渡した。

「西の関脇は、役者狂いの馬鹿生母と留守居役の奥方。小結は、小町娘を襲う馬鹿、前頭筆頭は櫛屋を脅す馬鹿――東の大関は、藩主の首をすげ替えようとする馬鹿。関脇は、御家乗っ取りが出来ると思う馬鹿。小結は、馬鹿と結託する馬鹿役人。前頭筆頭は、老人を殴る蹴るする馬鹿藩士。これは、これは」

喜美の唇がわなわなと震え、

「我らのことではありませぬか！　一体このような者を誰が作ったのです」

眼を見開いて、田上へ向かって怒鳴った。

田上は、玄関の三和土《たたき》に膝をつき、平伏した。

「しかし、これだけでは寄糸藩のことだとは、町人には知れないはずでございます。たとえ、藩のご重役がご覧になったとしても、そうそう気づくはずはなかろうかと」

顔から汗がだらだらと流れる。鼻先から落ちた汗が、三和土に落ちた。

「だとしても、この番付を出した者を捜し出し、捕らえよ。そのための御番所であろうが！　この番付もいますぐ回収するのだ。でなければおまえの望みを叶えることは出来ぬわ」

大和田が怒声を上げた。

そ、それは、と田上が顔を上げる。

「約定を反古《ほご》にされるというのか。奥方さまのために、懸命に働いたではございませぬか」

「不浄役人の養女を側室に上げなくとも、殿の側室など、いくらでも集められまする。それにもう殿は隠居になるのですから、ほほほ」

「そうだったな、喜美。もう他藩の留守居役とはご養子を迎える話がついておる。これがまた愚鈍な三男でな。寄糸藩は、もう我らのものよ。舛田屋の江戸店の身代も没収だ。国産会所の支度金もすべて国家老が手にしたということにすれば、我らの物」

「殿さま、西陣《にしじん》の反物《たんもの》が欲しゅうございます」

喜美が甘え声を出す。

くっと、田上が一旦唇を嚙み、

「竹屋の娘を我が手先に襲わせ、櫛職人を罪人に仕立て上げ、贔屓の役者と同じ櫛を作らせようなどという愚かな行為に加担させ、国家老を待ち伏せし、茶屋に引き込み、藩士らの手で毒を盛った。舛田屋と家老の癒着などなかったはず。あまつさえ料理屋で芸者を上げ、吉原へ行き、藩の公金を使い込み、国産会所の支度金で埋め合わせしようとなさったのは、どこのどなたか！　馬鹿にもほどがある。番付の通りだ」

田上は、喜美の手から番付を無理やり引ったくると、握り潰した。

「いわせておけば、つまらぬことを並べ立ておって。貴様とて、我が藩のおかげで甘い汁を存分に吸うておったろうが。揉み消し料として、金子をどれだけつこうたと思っておる」

喜美が、はっとした顔で、大和田を見上げる。

「もしや、番付屋は、あの芝居茶屋に来た者ではありませんでしょうか。だとしたら、香玉もその仲間……」

「田上、いますぐその役者を連れてまいれ」

大和田が怒りに震えて声を荒らげた。と、「留守居役さま」と叫び声が聞こえてきた。

大和田の屋敷の若党だった。

「上屋敷に石が投げ込まれております。留守居役とその奥方を出せと、馬鹿面が見たいと町人らが押し寄せ門前で騒ぎを起こしております」

なんと！　と、大和田は怒りに任せ、拳を握り締めた。

「いますぐに追い返せ！　上屋敷には一歩も入れるな」

「殿さま」

喜美が、大和田の足下にすがる。

「うろたえるな！　田上、町人どもの騒ぎを収めよ」

田上はゆっくりと立ち上がり、背を向け、唾を吐いた。

「やってられねえ。こんな番付が出ちまったら、おれもお仕舞《しま》いなんでね。不浄役人に守ってもらおうなどと考えるんじゃねえよ。武士なら腹をくくりやがれ！」

「田上、貴様！」

田上は答えずに、大和田の屋敷を出て、上屋敷の潜り門を開けた。

集まっていた町人たちが、奉行所の役人と見て、一瞬、怯《ひる》む。

田上は肩を揺らして、町人たちを一瞥《いちべつ》した。

「馬鹿どもは、屋敷からは出て来ねえよ。おめえらも仕事があるんだろう？　ほれ、散った散った。あとの始末は、てめえらでなんとかするだろうよ。馬鹿は馬鹿なりにな」

門前に集まっていた町人たちが、しんとした。

その間をかき分けるように歩くと、どこからか石が飛んできて、田上のこめかみに当たった。田上はこめかみに手を触れる。血が流れていた。

「おい、おまえ。番付を見てここに来たのか？」

田上に問われた若い職人らしき男は、びくっと身を震わせて頷いた。

「ふうん、なぜ寄糸藩の馬鹿どもだと知ったのだ」

周りをじろりと睨《ね》めつけると、町人たちは、一斉《いっせい》に指さした。その方角は、屋敷の塀《へい》だ。

馬鹿揃と銘打った番付が、塀一面に貼付けてあった。

ははは、と田上は笑った。これでは、ばれるはずだ。

さて、おれはどうなるのかね。

それにしても、よく細かく暴いたものよ、と田上は苦笑しつつ、通りをゆっくりと歩いた。


早仕舞いした根津美に、番付屋の面々が集まった。

おりんが、番付を売り上げた銭を皆に分ける。

「今回の彫りは大変だったんだからね。三千摺るともう版木がぼろぼろになっちまうから、幾度も彫り直しをしたんだ」

美々が、兄の伊勢蔵をちらと見て、摺りが馬鹿力なんじゃないかと、文句をつける。

「ふざけるな。摺りは、力加減が難しいのぐれえ知ってるだろうが。こういう番付のようなもんは、同じ力で摺るんだよ」

「兄さんの摺りが馬鹿力すぎるんじゃないの？　番付は細かいんだ。すぐに彫りが減っちまう」

「ああ、うるせえ」

おりんが呆れたように、兄妹に眼を向ける。

「ま、美々ちゃんは色々種取りもやったしね」

「でしょう。だから余分にちょうだい」

「駄目だ。皆、均等だと決まっているはずだ。彫りや摺り、筆耕の分はあらかじめ上乗せしてあるんだからな」

新次郎がいうや、

「一万枚ぐらい摺ればいいのよ。そうしたら、もっと儲《もう》かるのにさ」

あーあ、と美々がごろんと寝転んだ。

儲けを出すだけなら、辰造たちのように版元と組むことだ。しかし、そうすると制約も出る。版元の意向を反映しなければいけなくなる。それでは、番付の面白さが半減する。

儲けよりも、いかに物事を多く伝え、広めること。なにが流行り、なにが自分たちの暮らしに影響を与えるか。見立番付には、そうした役割があると新次郎は信じている。

ただし、噓《うそ》や偽りで作ってはならない。

「これは、理吉さんの分ね」

おりんが分けた。

やはり理吉は顔を出さなかった。

その代わりといってはなんだが、役者の中村香玉が突然姿を見せた。

役者は充分、面白いが、新次郎たちの番付が楽しそうだから仲間に入れろといってきたのだ。美々とおりんが顔を見合わせる。顔が若干ほころんでいるのが小《こ》面憎《づらにく》い。

「あたしはさ、これにはあまり絡んでないから、お足もいらない。これから、芝居町のことは任せてよ。色々、探ればいいものが出来るかもよ」

といった。

「それはそれは、恐れ入ります。でも気をつけてくださいね。ここに出入りしていることが知れたら、大変なことになりますから」

おりんが心配げにいうと、それは大丈夫と、香玉は胸を叩いた。

「こうして、男の恰好をしていれば、わからないものよ」

うふふ、と笑った。

「たまには新次郎さんがあたしの代役でもいいし」

冗談じゃねえや、と新次郎は毒づいた。女の恰好など二度としたくはない。

「それと、ありがとうね。番付にあった興行主の松平鈴之助ってあたしたちのことでしょう?」

くわえて、石川、卯月の三日の興行にも礼をいった。

「気付かれましたか」

新次郎が訊ねると、「当然よ」と香玉が胸を張る。

「あたしの名の松助、銀平、お鈴を組み合わせたのでしょう?」

「あ、そうだったんだ」

と、美々が眼をぱちくりさせた。

「実は、北町の定廻りのお方が報《しら》せてくれたんですよ」

櫛職人の銀平が石川島の人足寄せ場から出されるのだ。それが卯月の三日だ。

銀平は巻き込まれただけだ。御番所もそれを認めた。それには当然、佐竹の尽力があってこそだ。まあ、それでもうまく佐竹に使われた気がしないでもないが、罪のない者が救われたのはいいことだ。

いつものように竹屋へ行くと、舛田屋が藩邸から戻されたと聞いた。

「まったくねぇ、舛田屋さんも気の毒だったよ。長男も亡くされ、番頭さんもご自身も怪我がひどくて、ふたりで寝込んでいるよ。ただ、お鈴はずいぶん元気になった。これで一件落着かね。それにしてもたかだか、役者と同じ櫛欲しさに、お鈴を襲わせるなんて、馬鹿にもほどがある。あの番付は誰が摺ったものやら。これで世の中をすこしだけ、掃除出来たかね」

と、勘右衛門は軽く笑っていた。

「ところで、あの番付にも出ていたろう？　三万両を懸命に探す馬鹿。その三万両の行方だけれどね、五郎平さんに訊いたんだよ。そしたら、なんて答えたと思う？」

「さあ、藩の方々が探してもわからないものですから、おれになどとんとわかりませんね、と答えると、

「本所の下屋敷の鎧櫃《よろいびつ》の中だそうだよ。五郎平さんにいわせれば、いまのお武家では絶対に開けない箱だとね。おかしいだろう。馬鹿と悪党はどうしてなくな

らないのかわからないが、世は泰平。それはそれでいいがね」

そういって、笑った。

たしかに、勘右衛門のいう通りだ。馬鹿と悪党だけは、どんなに世が泰平であろうと、なくならない。自分のすぐ横に、悪意も憎悪も転がっているかもしれないのだ。

けれど、それも人の世だ――。

と、どんどんと障子戸を叩く音がした。宝木が身構える。

「おりんさん、もう店仕舞いかい？」

佐竹の声だ。

おりんが、口許にひと差し指を当てて、階下に下りて行く。

「どうなさいました、佐竹さま」

「いやなに、いつもより早いので、なにかあったのではないかと思ってな」

「ああ、仕入れたものがなくなってしまったので、今日は早くお店を閉めたのでございますよ。いまは小吉と明日の仕込みを考えていたところです」

いま、お開けしますね、とおりんが心張り棒に手を掛けると、「いや構わん」と佐竹がいった。

「新次郎が来たら、伝えてくれぬか。与力の田上はお役御免《やくごめん》になり、屋敷で果てていたのが今朝、見つかった」

寄糸藩の留守居役は斬首、奥方とご生母は出家。国産会所は五郎平が、家老の惣領《そうりょう》息子とともにあらたに立ち上げることになった。

「留守居役に連座した者たちには誓詞《せいし》を書かせた上、一切咎《とが》めはせぬといったらしい。まだ若い殿さまだと聞いていたが、なかなか出来たお方だ。ま、それだけだ。あ、それとな、馬鹿揃番付が出る前夜、寄糸藩の上屋敷に猿が出たらしいぞ、長屋塀つたいに、ぴょんぴょん飛んで逃げたそうだ。中には、神の化身じゃねえかって噂になってるよ」

おりんは腹一杯食べ、小上がりでぐうぐう眠っている美々に眼を向け、こっそり笑った。

「あとな、銀平の妹だが、田上家を出て、母親の元に帰された。銀平はな、小町娘が憎いと、妹がお鈴を襲ったのだと田上から偽《いつわ》りを聞かされていたんだよ。同じ櫛を作れば、すべて不問にしてやるといわれ、寄せ場で櫛を作っていたが、あの意匠にだけはしないと突っぱねて、ぼろぼろにされたらしい。命にはかかわりねえがな」

佐竹が持っていたであろう提灯《ちょうちん》が揺れた。

「せめて、お酒だけでも」

おりんがいうと、佐竹が、いやこれから大川端だ、と面倒くさげに応えた。

「急な呼び出しだ。浪人者の骸《むくろ》が大川から上がってな。しかも三人だ。やれやれだよ」

「ご苦労さまでございます」

おりんの声が届いたのか、提灯の灯りが揺れた。

息を吐いたおりんが振り返ると、新次郎が立っていた。

「やだ、新さん、いつの間に」

「佐竹さんは、おれたちが番付屋だとわかっているよ。いつ気づいたのか知らないがね」

眼を丸くしたおりんが眉根を寄せた。

「大丈夫だよ。佐竹さんがおれたちをどうこうする気なら、もうとうにしているはずだ。なにより、此度の番付の始末をわざわざ伝えに来てくれたじゃないか。それが証だ」

しかし、佐竹は御番所の役人であることはたしかだ。味方でなくとも黙認したまでいるか、いつ捕り方に回るかはわからない。

だが、互いにそっぽを向きながらも、ときには同じ方向を見ることもあるだろう。此度の与力の不始末のように。内々で済ませたくはなかったという佐竹の怒りを感じた。

卯月の三日。銀平が人足寄場から出された。

「銀平さん」

お鈴がまず駆け寄った。銀平は顔を腫《は》らし、腕にも晒《さらし》を巻いた有様《ありさま》だった。お鈴は銀平の胸に取りすがり、「大事はないの?」と涙ぐんだ。銀平はまだうっすらと残るお鈴の額《ひたい》に眼を向け、悲しい顔をしたが、「あたしはもう平気」と健気《けなげ》に答えた。

香玉とお鈴と銀平は三人で抱き合った。

「昔に戻ったみてえだ、懐かしいな」と、銀平がぼそりと呟く。

「ああ、皆、暮らしは違っても幼馴染みであることには変わりゃしないよ」

香玉が銀平の背を叩きながらいった。

宝木と新次郎はいつものように根津美を出て、両国橋を渡っていた。

「大川から三人の亡骸《なきがら》が上がったということだが、先日、襲ってきた奴らかもしれんな」

「ええ、髷のない浪人者でしたら、そうでしょう。明日あたりには瓦版も出ますよ。髷が切られている亡骸なんて、瓦版屋なら飛びつくでしょう」

「人を殺《あや》めるなどという悪心があるから、しっぺ返しをくらうのだ」

宝木はため息を吐く。

月が冴《さ》え冴《ざ》えと夜空に輝いていた。

「近々、花見でも行きましょう」

月を眺めながら、新次郎はいった。

「桜、か。それもよいな」

宝木が応える。

と、ふたりが橋を渡りきったときだ。黒い装束の侍が五、六人走り寄ってきた。

宝木は走り来る者のひとりに提灯を投げつけ、大刀を引き抜いた。地面に落ちた提灯が一瞬にして燃え上がり、広小路を再び闇に戻した。

男たちは笠を着け、顔は一切見えない。

新次郎も帯に挿してある笄《こうがい》を引き抜いた。

「ふたりに六人がかりとは卑怯なり、助太刀いたす」

橋を渡ってきたのは、根津美の常連の老武士だった。

却《かえ》って、足手まといだ、と宝木も新次郎も舌打ちした。

するすると相手が刃を八双《はっそう》に構え、近づいて来る。宝木も間合いを取りつつ、下段に構えた。その間に、ひゅんと猿のように飛んで入って来るや、相手を峰で打ち倒したのは老武士だった。

「ご隠居さま。いけません！」

いつも一緒にいる若い供だ。

なんだ、あの隠居は。新次郎が思う間もなく、別の侍が襲いかかってきた。上段から振り下ろされた刃を、身を返してかわす、相手の手首に刃を滑らせる。

噴き出す鮮血に、おう、と叫んだ侍が片手の大刀を横なぎに払って来る。

新次郎はわざと、その懐に飛び込んで、首許に刃を当てた。

「このまま引けば、死ぬぜ」

低い声でいうと、侍は後方に飛び退いた。

宝木は、すばやく相手の後ろに回り込み、首に手刀を落とす。ぐらりと膝をついたとき、新次郎が、侍の顎先《あごさき》を蹴り飛ばした。

「おいおい、乱暴だな」

「命がけなんですよ。手加減なんざしてられません」

老武士はひとりの男と対峙《たいじ》していたが、急に刀を納めた。

居合いだ。

間合いを詰めた相手が、焦《じ》れて刃を薙《な》いだ刹那《せつな》、膝をついた老武士が思い切り相手の脛《すね》を打った。ぐっと呻《うめ》き声がした。その直後、中のひとりが「もうよい」と叫んだ。

六人の侍が、いきなり背を向けた。

「重畳《ちょうじょう》、重畳。また死なずに済んだわい」

老武士が刃を納めた。宝木と新次郎を見て、にかっと笑う。

「ご老体、御名を」

宝木が問うと、

「どうせ根津美で会うだろうて。安田どのによろしくな」

老武士は、足取り軽く広小路の闇の中に消えて行く。「ご隠居さまぁ」と、供の者が追いかけて行った。

「宝木さん、あの爺さん、安田さまの名を」

「動いたところが見えなかった。敵でないことだけはわかったが」

宝木が呆気にとられながら、刀身を鞘《さや》に納めると闇を厳しく見据えた。


翌日、竹屋に赴いた新次郎は、店の前に人気《ひとけ》がないことに驚いた。野次馬は、佐竹が追い払ったのだという。

主人の勘右衛門は、

「おかげでお鈴もようやく落ち着きました。私はお鈴に叱り飛ばされました。あの銀平がてっきりお鈴を襲ったのだと信じて疑うこともしなかった。商人として人を観る眼がないと手厳しくいわれましたよ。それにしても、五郎平さんのお国許があんなことになろうとは。息子さんと国家老さまを亡くされ、辛いでしょうが――お鈴が襲われたのも、寄糸藩がかかわっていたとは仰天《ぎょうてん》いたしました。でも、新次郎さん、馬鹿揃の番付はご覧になりましたか？　佐竹さまが見せてくださったんですよ」

手鏡を覗き込みながら、いった。

「ええ、まあ」

「胸がすうっといたしました。しかし、悪事を暴く番付など誰が作ったのやら」

勘右衛門が首を傾げる。新次郎は鬢盥《びんだらい》の片付けをしながら、

「そうですねぇ。なにかがよほど腹に据えかねたんでしょうが」

と、苦笑を浮かべ応えた。


その日の夕刻前、理吉が根津美に顔を出した。

理吉は、小上がりにいた新次郎に頭を下げると、なにもいわずに出て行った。

新次郎は、都鳥を口にする。

「あら、いやだ。新さん。引き止めなかったの。あの人の取り分、渡さないと」

板場から出て来たおりんに、

「きっとまた来るさ」

新次郎は笑みを浮かべた。

番付屋新次郎世直し綴り

一〇〇字書評

切・り・取・り・線

購買動機（新聞、雑誌名を記入するか、あるいは○をつけてください）

□（　　　　　　　　　　　　　　　　）の広告を見て
□（　　　　　　　　　　　　　　　　）の書評を見て
□ 知人のすすめで　　　　　　□ タイトルに惹かれて
□ カバーが良かったから　　　□ 内容が面白そうだから
□ 好きな作家だから　　　　　□ 好きな分野の本だから

・最近、最も感銘を受けた作品名をお書き下さい

・あなたのお好きな作家名をお書き下さい

・その他、ご要望がありましたらお書き下さい

住所	〒				
氏名		職業		年齢	
Eメール	※携帯には配信できません	新刊情報等のメール配信を 希望する・しない			

この本の感想を、編集部までお寄せいただけたらありがたく存じます。今後の企画の参考にさせていただきます。Eメールでも結構です。

いただいた「一〇〇字書評」は、新聞・雑誌等に紹介させていただくことがあります。その場合はお礼として特製図書カードを差し上げます。

前ページの原稿用紙に書評をお書きの上、切り取り、左記までお送り下さい。宛先の住所は不要です。

なお、ご記入いただいたお名前、ご住所等は、書評紹介の事前了解、謝礼のお届けのためだけに利用し、そのほかの目的のために利用することはありません。

〒一〇一－八七〇一
祥伝社文庫編集長　坂口芳和
電話　〇三（三二六五）二〇八〇

祥伝社ホームページの「ブックレビュー」からも、書き込めます。
http://www.shodensha.co.jp/bookreview/

祥伝社文庫

番付《ばんづけ》屋《や》新次郎《しんじろう》世直《よなお》し綴《つづ》り

平成31年2月20日　初版第1刷発行

著　者　梶《かじ》よう子《こ》
発行者　辻　浩明
発行所　祥伝社《しょうでんしゃ》
東京都千代田区神田神保町3-3
〒101-8701
電話　03（3265）2081（販売部）
電話　03（3265）2080（編集部）
電話　03（3265）3622（業務部）
http://www.shodensha.co.jp/
印刷所　堀内印刷
製本所　ナショナル製本
カバーフォーマットデザイン　中原達治

Printed in Japan ©2019, Youko Kaji ISBN978-4-396-34499-3 C0193